प्रफुल्ल कुमार त्रिपाठी

यह एक काल्पनिक कृति है। नाम, वर्ण, व्यवसाय, स्थान, और घटनायें या तो लेखक की कल्पना का उत्पाद है या एक कल्पित तरीके से इस्तेमाल की गई हैं। वास्तविक व्यक्तियों, जीवित या मृत, या वास्तविक घटनाओं के साथ कोई भी समानता विशुद्ध रूप से संयोग होगा।

प्रथम संस्करण: जून 2023
भारत में मुद्रित

टाइप: कोकिला / कलाम

ISBN: 978-81-964140-8-5

आवरण रचना: देवव्रत साहू

प्रकाशक: स्टोरीमिरर इंफोटेक प्राईवेट लिमिटेड,
7वीं मंजिल, एल तारा बिल्डिंग, डेल्फी बिल्डिंग के पीछे,
हीरानंदानी गार्डन, पवई, मुंबई,
महाराष्ट्र - 400076, भारत

Web: storymirror.com
Facebook: @storymirror
Instagram: @storymirror
Twitter: @story_mirror
Contact Us: marketing@storymirror.com

समर्पण

अपने किशोर वय के पौत्र चि. दर्श आदित्य और अविषा@पिया (आत्मज-आत्मजा कर्नल दिव्य आदित्य-अनामिका त्रिपाठी) को जिन्हें हम बीसवीं शताब्दी में पैदा हुए,पले-बढ़े अभिभावकों को इस परिवार को बाइसवीं शताब्दी की पीढ़ी से जोड़ने का श्रेय मिल रहा है।

- प्रफुल्ल कुमार त्रिपाठी

अभिमत

"मेरे पुत्रों में लिखने-पढ़ने और सामाजिकता के निर्वहन में प्रफुल्ल अधिक प्रखर हैं। उनकी यह प्रखरता उनके दोनों पुत्रों (कर्नल दिव्य आदित्य और शहीद लेफ्टि. यश आदित्य) में भलीभांति सुशोभित हुई है। उनके दोनो बच्चे मुझसे पत्राचार और फोन से अधिकाधिक सम्पर्क में रहे–बल्कि ये कहूँ कि तो सत्य होगा कि उन दोनों ने अपने आग्रही स्वभाव से मुझे सर्वाधिक आकृष्ट किया। ऐसे आग्रही, जिज्ञासु वंशज परमात्मा सबको दें यह कामना करता हूँ किन्तु किसी को ऐसा वंशज देकर असमय छीन न लें ..यह भी!"

-आचार्य प्रतापादित्य

(लेखक के पिता)

"प्रफुल्ल जी, आप सदा प्रफुल्लित रहें। इस उम्र में आपके व्यक्तित्व में छाप है आपके पिता की, झलक है उनके ऐश्वर्य की!..लिखते रहिए,.............!"

-प्रोफेसर माता प्रसाद त्रिपाठी

(से.नि. प्रोफ़ेसर, दी.द.उपा.गोरखपुर विश्वविद्यालय)

"प्रफुल्ल कुमार त्रिपाठी के बारे में अधिक जानने का अवसर तब मिला जब वह आकाशवाणी से सेवानिवृत्त हो चुके थे। लेकिन सेवानिवृत्त होने के बाद उनकी सक्रियता कम नहीं हुई बल्कि रचनात्मक रूप से और बढ़ती गई है। प्रसिद्ध ग़ज़ल गायक उस्ताद राहत अली से सेवाकाल के दौरान उनकी रही निकटता के अनेक संस्मरण भी उनके आए। विभिन्न सांस्कृतिक विषयों पर भी वे इस दौरान लगातार लिख रहे हैं। मुझे यह भी ज्ञात हुआ है कि इस दौरान उन्हें कई शारीरिक कष्टों का भी सामना करना पड़ा है। उन्हें तीन बार कूल्हे के प्रतिस्थापन की जटिलताओं से गुजरना पड़ा। इन सबके बावजूद उनकी जिजीविषा और उत्साह उन्हें रचनात्मक रूप से सक्रिय बनाये रखता है। उनकी कई पुस्तकें अब तक प्रकाशित हो चुकी हैं। इसमें नई कड़ी प्रस्तुत उपन्यास "उजड़ा हुआ दयार" है। ....मेरी शुभकामनाएं!"

-आलोक पराड़कर

वरिष्ठ पत्रकार / कला समीक्षक

"कहते हैं थोड़ी धूप तनिक सी छाया! इस तरह कमोबेश हर व्यक्ति के जीवन में दुःख- सुख का संगम होता ही है। प्रफुल्ल कुमार त्रिपाठी के जीवन में भी यह संगम उपस्थित है। उनके इस संगम में दुःख का जल कुछ ज्यादा ही है। बढती उम्र, उनका बिगड़ा स्वास्थ्य और छोटे बेटे का युवावस्था में असामयिक निधन उनके दुःख के कुछ असाध्य कारण हैं। इस दुःख के जल को विगलित करने के लिए प्रफुल्ल कुमार त्रिपाठी लिखने के लिए कलम उठाते हैं। भेद-मतभेद, सहमति-असहमति हर किसी दीवार को, खिडकी-दरवाज़े को किसी शिशु की तरह तोड़ते-फलांगते हुए वह कई बार ऐसा भी कुछ लिख डालते हैं जिसे अमूमन लोग लिखने से बचते हैं। बहुत से लोग लिखने में सेंसर लगा कर रखते हैं। लेकिन प्रफुल्ल कुमार त्रिपाठी के लेखन में सेंसर के सारे किवाड़ टूट जाते हैं। साड़ी जंजीरें धराशाई हो जाती हैं। सारे साइलेंसर भी। लोग सोचते हैं

कि क्या लिखें, क्या न लिखें! प्रफुल्ल इन मुश्किलों की परवाह नहीं करते। उनके जीवन में जो भी अच्छा बुरा घटा है, बेलाग लिखते हैं। किसी को बुरा लगता है तो उनकी बला से। किसी का भेद खुलता है तो खुले! मान–अपमान से परे प्रफुल्ल त्रिपाठी को तो बस लिखना है। प्रफुल्ल अपने लेखन को उत्कृष्ट लेखन इसीलिए मानते हैं। लिखते वह पहले भी थे पर आकाशवाणी की नौकरी से रिटायर होने के बाद वह लगातार बैटिंग कर रहे हैं। निरंतर बैटिंग कर रहे हैं। वह ऐसे ही निरंतर बैटिंग करते रहें, ऐसी शुभकामना है।"

-दयानन्द पाण्डेय

(वरिष्ठ पत्रकार,लोकप्रिय लेखक)

"जब रेडियो के लोग साहित्य में लिखना आरम्भ करते हैं तो वे संचरण शील, बिम्बात्मक भाषा प्रयोग भी लेकर आते हैं। श्री प्रफुल्ल कुमार त्रिपाठी गोरखपुर, इलाहाबाद, रामपुर और लखनऊ केन्द्रों पर अपनी आभा बिखेर चुके हैं और अब इनकी पुस्तकों से बिखर रही आत्मीयता पाठकों को गहनता से बाँध रही है, तब तलक जब तक वे मुखरित न हो जाएँ गंधधर्मी होकर! "

-डॉ.पूनम सिंह

असि. प्रोफ़ेसर, एस.डी.पी.जी. कालेज, गाज़ियाबाद।

"सच को प्रमाणित करती, जीवन की अनंत गहराईयों में उतर कर रची गई यथार्थपरक और सच्ची रचनाएं प्रफुल्ल कुमार त्रिपाठी के अतिरिक्त लिखने की सामर्थ्य भला कौन जुटा सकता है!"

-केशव शुक्ल

(प्राध्यापक, लेखक)

"जटिल से जटिल विषयों को रोचकता से प्रस्तुत करने में श्री त्रिपाठी सिद्ध हस्त हैं। इनकी पुस्तकों में पाठकों को कुछ अध्यात्म, कुछ कटाक्ष, कुछ मनोरंजन तथा अंत में प्रेरणादायक संदेश छिपा हुआ मिलता है।"

-प्रोफ़ेसर राम गोपाल गुप्ता

(से.नि.निदेशक पुलिस रेडियो, उ.प्र./लेखक)

"आपके लेखन में आपका उदात्त व्यक्तित्व एवं सात्विक चिंतन परिलक्षित होता है। आप जिस अहैतुक ढंग से मनुष्य की दुखती रग को पहचानते और उससे द्रवित होकर अपनी रचनाएं करते हैं ऐसे उदाहरण विरले ही हैं।"

-डॉ. हरि प्रसाद दुबे

डी. लिट.(वरिष्ठ साहित्यकार)

आत्म कथ्य

पहले के लिखे गए पत्रों में यह बात अवश्य लिखी होती थी, 'थोड़ा लिखना, बहुत समझना।' उम्र और अनुभव की इस पायदान पर आकर मैं भी अपने पाठकों से कुछ वैसी ही बात कहना चाहूँगा, "मेरे लेखन को थोड़ा पढ़ना, बहुत समझना।"

'उजड़ा हुआ दयार' उजड़ते और उखड़ते मूल्यों और प्रकृति और परमात्मा की फैक्ट्री से बनाये हुए उसके सर्वश्रेष्ठ उत्पाद इंसान की कहानी है। शायद इस प्राडक्ट पर एक्सपायरी डेट लिखना भुला दिया गया था नहीं तो यह प्राडक्ट कब का एक्सपायर माना जाना चाहिए। मुझे नहीं लग रहा है कि आज का इंसान पहले जैसा रह गया है। खूबसूरत धरती और अम्बर भी अब वैसा नहीं रह गया। इंसान के भगवान होने की उम्मीद तो कब की समाप्त हो गई है। हम सभी अब बस यंत्र-मानव बन कर रह गए हैं, प्राकृतिक खूबियों से हट कर। भावनाओं की नदी सूख चली है। कब तक चलता रहेगा यह सब?इस प्रश्न का उत्तर अगर आपके पास हो तो बताइयेगा।

आशा करता हूँ कि आपकी आशाओं पर पहले की तरह मेरा यह लेखन खरा उतरेगा और हमेशा की तरह इसे आपका प्यार भी मिलेगा।

जून , 2023,लखनऊ।

- प्रफुल्ल कुमार त्रिपाठी

सम्पर्क -डी०-9, विज्ञानपुरी, महानगर, लखनऊ-226006 मोबाईल- 9839229128

ईमेल;darshgrandpa@gmail.com

विषय सूची

एक

उन दिनों रेडियो ही मनोरंजन का एकमात्र साधन था.. क्या छोटे और क्या बड़े सभी उसके दीवाने थे। हाँ, नौजवान पीढ़ी को या तो क्रिकेट खेलने का या क्रिकेट कमेंट्री सुनने का नशा चढ़ा रहता था। समीर को आज भी अच्छी तरह याद है कि उन दिनों रेडियो सीलोन का साप्ताहिक कार्यक्रम "बिनाका गीत माला" सुनने और उस पर बहस करने प्रचलन शबाब पर था। समीर सारा काम छोड़कर अपने पाकेट रेडियो को लेकर उस घर की खपरैल की छत पर चढ़ जाया करता था और उस सप्ताह के सरताज गीत को सुनकर ही नीचे उतरता था। आंधी आये या तूफ़ान, गर्मी हो या बरसात समीर ऊपर ही टंगा रहता था।

जिस दिन का वाकया है उस दिन भी बुधवार ही था। रेडियो सीलोन पर उस सप्ताह का सरताज गीत अपना जादू बिखेर रहा था, "..माँगी मुहब्बत, पाई जुदाई, दुनिया हमको रास ना आई, पहले कदम पर ठोकर खाई..सदा आज़ाद रहते थे, हमें मालूम ही क्या था, मोहब्बत क्या बला है..!" क़मर जलालाबादी के लिखे और मुकेश के गाये इस दर्द भरे नग़्मे को सुनते हुए वह इतना तल्लीन हो गया था कि उसे नीचे से पुकार रहे पिताजी की आवाज़ सुनाई ही नहीं दी! रेडियो बंद हुआ और जब समीर नीचे उतरा तो उसके पिताजी फुल फ़ार्म में उसके ऊपर टूट पड़े..." तो उतर आये लाट साहब?" व्यंग्य बाण ठीक निशाने पर पड़ा था और समीर का सारा नशा काफ़ूर हो चला।

"कुछ पता भी है जनाब को कि रिजल्ट कैसा रहा है?" उन्होंने प्रश्नवाचक दृष्टि से घूरते हुए समीर से पूछा।

"जी, जी पिताजी अभी तो शर्मा मास्टर साहब रिजल्ट लाये ही नहीं हैं।"

लगभग हकलाते-हकलाते समीर बोला। और, उसने सोचा बला टली। लेकिन........

"वाह, वाह...शर्मा जी तो बाहर आकर बैठे हैं जनाब। अरे आपको शर्म आनी चाहिए कि नौवीं की पूरी क्लास में संस्कृत और गणित दो-दो विषयों में सिर्फ़ और सिर्फ़ आप फेल हैं।"

पिताजी की बात सुनकर समीर की सिट्टी पिट्टी गुम हो गई। उसके ना चाहते हुए भी उसे पिताजी लगभग घसीटते हुए बाहर के ड्राइंग रूम में बैठे हुए शर्मा मास्टर के पास हाज़िर कर दिए।

मास्टर शर्मा बड़े ही काइयाँ किस्म के आदमी थे। अब वे भी पिताजी के साथ, मानो मेरे घर का खाया हुआ नमक अदा करने को पिल पड़े। "बेटा, मैं तुमसे कहता था, जो है सो, कि ज़रा ध्यान दिया करो। बुनियाद है, बुनियाद, जो है सो, हाई स्कूल।" शर्मा जी बोल उठे।

अगर सब कुछ सामान्य होता तो समीर पहले तो उनके बोलने के इस्टाइल और उनके तकिया कलाम "जो है सो" पर ठट्ठा मार कर हंसता लेकिन उसके पिताजी की लाल-लाल आँखें उसे अभी भी घूरे जा रही थीं सो "जी ..."जी", लगभग हकलाते हुए सूखे गले से समीर की आवाज़ निकली ही कि "तड़ाक- तड़ाक" की ध्वनि करती पिता जी के हाथों की उँगलियों के निशान ने उसके नर्म गालों को सुर्ख कर दिया। उसके बाद समीर के जीवन में ऐसे ही कभी खुशी,कभी गम के पल आते रहे। नौवीं के उसके सभी साथी उससे आगे निकल गए। असल में समीर की उतनी गलती नहीं थी जितनी उसके अभिभावकों की। उसके पितामह चाहते थे कि पोता संस्कृत अवश्य पढ़े जब कि संस्कृत उतनी आसान नहीं थी कि वह आसानी से हजम हो जाय ऊपर से मैथ्स! वह तो कम्पलसरी था ही!

जैसे-तैसे उसकी स्कूली पढ़ाई बी. ए. तक पूरी हुई कि एक बार फिर

समीर को उन्हीं परिस्थितियों से दो-चार होना पड़ा। उसके पिताजी चाहते थे कि बेटा कानून की पढ़ाई करके या तो वकालत करे या जुडीशियरी में जाए और उधर समीर अपनी साहित्यिक रूचि को निखारने के लिए एम्.ए. हिंदी से करना चाह रहा था। हिन्दी विभाग में उसने एडमिशन के लिए अप्लाई भी कर दिया था और एडमिशन सूची में उसका नाम पहले नम्बर पर आ भी गया था। लेकिन....लेकिन वह दौर ही ऐसा था कि घर के बड़े बुजुर्गों का दखल न केवल बच्चों के कैरियर, उनके घूमने-टहलने, यारी-दोस्ती सब पर कुछ ज़्यादा ही हुआ करता था। बड़े बुज़ुर्ग की कौन कहे,घर के नौकरों की भी हैसियत इतनी हुआ करती थी कि अगर उन्होंने उनसे चुगली कर दी तो उनकी पिटाई तय हुआ करती थी।एक दिन बिनोद नामक नौकर ने भी तो समीर की जम कर पिटाई करवा डाली थी यह कहकर कि "आज तो बाबू सड़क पर फेंकी हुई बीड़ी उठा कर पी रहे थे ....।"

खैर, उम्र के बाइसवें साल में ही समीर ने कानून की डिग्री ले ली लेकिन वह अपने साहित्यिक शौक और हुनर के बल पर सरकारी प्रिन्ट मीडिया समूह की नौकरी में चला गया। आज वह देश के गिने चुने मीडियाकर्मी के रूप में जाना पहचाना जाने लगा है। उसकी प्रतिभा के नूर से उसका परिवार गदगद और गौरवान्वित है। हाँ अब यह अलग बात है कि संस्कृत की बाध्यता डाल कर उसके उलझे मकड़जाल में घुमाकर फंसानेवाले उसके पितामह समीर की यह सफलता देखने के लिए अब जीवित नहीं थे।

लेकिन..लेकिन उस इलाहाबादी खपरैल वाले घर और वहाँ बीते बचपन, संकरी गली में खेले जाने वाले क्रिकेट, गुल्ली-डंडा, कंचा या गोलियों की दुपहरिया को एक बार फिर से समीर को जीने का मन करता है......और .. और वहीं से तो उपजी थी तीखे नयन नक्श वाली धीरा और समीर के बचपन की दोस्ती ...आख़िर उस दोस्ती का क्या हुआ....जानना चाहेंगे आप? ..और ..घर- भर को पढ़ाने वाले शर्मा मास्टर अब कहाँ और किस हाल में हैं क्या

आप उसे भी नहीं जानना चाहेंगे?

दो

समीर का जीवन भी उन तमाम युवाओं की ही तरह बीत रहा था जिनके सामने अनेक चुनौतियां मुँह बाए खड़ी रहती हैं। उसने एक बहुत बड़े सरकारी प्रकाशन समूह में नौकरी तो पा ली थी लेकिन उस जगह घोड़े और गदहों की जुटान थी। जो गदहे थे वे घोड़ों को उड़ान नहीं भरने देना चाहते थे और किसी न किसी बहाने उनके प्रमोशन, उनकी खुशहाली के वे सबसे बड़े बाधक सिद्ध होने लगे। उसके सामने ही प्रेम,गुलाब,बच्चू जैसे लोग विशेष वर्ग से भर्ती हुए और घोड़े ही नहीं घोड़ों में चेतक घोड़े बनकर दौड़ भी लगाने लगे। कारण- एक तो उन सभी के खून में चमचागिरी बसी थी और दूसरा सबसे प्रमुख कारण था कि वे एक ख़ास जाति, सुविधा श्रेणी वाले थे। हाँ, कुछ और ऐसे भी सूरमा थे, जैसे प्रभु, सतीश कि जिन्होंने उस संस्थान को अपनी तरक्की की सीढ़ी, लांचिंग पैड समझ कर ज्वाइन किया और इन सीढ़ियों के पायदानों पर एक बार जो उन्होंने चढ़ना शुरू किया तो बस लोग देखते ही रह गए। उनका फार्मूला कुछ पोलिटिकल जुगाड़ तो कुछ सुविधा शुल्क देते हुए मंजिलें तय करना था।

समीर इन सब साइड-कट से अपने आपको अलग रखकर अपनी किस्मत और मेहनत के बलबूते नौकरी किये जा रहा था। उसकी पहली पोस्टिंग हुई इलाहाबाद, जो अब प्रयाग राज के नाम से जाना जाने लगा है। प्रयाग राज जहाँ तीन नदियों का संगम है-गंगा, यमुना और अदृश्य सरस्वती। यहाँ से वहाँ तक फैले संगम तट की खूबसूरती हर छह या बारह साल पर दुगुनी हो जाया करती थी जब कुम्भ या अर्धकुम्भ के अवसर पर स्नानार्थियों की भयंकर जुटान हुआ करती थी। उन दिनों स्वच्छ जल और कलकल निनाद कर रही इस पवित्र नदी की धारा के दोनों ओर के रेतीले मैदान और उसमें लगे टेंट

और भी जीवन्तता का परिचय दे रहे थे। समीर के लिए यह पहला ,अनदेखा और अनछुआ दृश्य था।

उस दिन उसका साप्ताहिक अवकाश था और उस अवकाश की उसकी यह शाम इसी मनोरम स्थान पर बुक किये गए एक टेंट में गुजर रही थी। उसने टेंट सिटी के रेस्तरां से जाकर रात्रि भोजन ग्रहण किया और आकर अपने टेंट में बिस्तर पर लेट गया।

देर रात उसे कुछ आहट हुई। विचित्र सी तेज़ आवाज़ के साथ उसे लगा कि कोई उड़न-तशतरीनुमा यंत्र और उससे उतरे कुछ लोग उसके टेंट के पास आ रहे हैं। उसने बिस्तर छोड़ दिया और बाहर की ओर लपका ही था कि हैल्मेट लगाये छोटे-छोटे क़द के चार लोग उसके टेंट की ही ओर बढ़ते दिखे। "जींगाकोपो लोटा भीम बीम पिक-पिक जेल्मोतो .." एक अज़ूबे ने दूसरे से कुछ कहा। "लोटा जींगा कोपो पिक - पिक ज्ल्मोतो धोनो पोको .." कुछ ऐसे ही अलफ़ाज़ का प्रयोग अब दूसरे ने किया था।

समीर अभी कुछ समझ पाए कि माज़रा क्या है उसे तेज़ हवाओं ने क़ैद कर लिया। अब समीर तीव्र गति से ऊपर उड़ रही उड़नतशतरी के चार सवारों के साथ पांचवा सवार बन कर उड़ रहा था।........ हतप्रभ, नर्वस और हताशा के उहापोह में।

उड़न तशतरी ऊंचे और ऊंचे उड़ी जा रही थी और डर के मारे समीर लगभग बेहोश हो गया। उस पल के बाद क्या -क्या हुआ उसे कुछ भी याद नहीं।

भोर की हलकी किरण के साथ समीर अपने टेंट के बिस्तर पर जब जागा तो उसका बदन टूट रहा था। मानो वह बहुत दूर से पैदल चल कर आया हो।लेकिन उसके अन्दर एक विचित्र किस्म की ऊर्जा का संचरण हो रहा था। एक्ज़ैक्ट क्या और कैसे हो रहा था यह बताने के लिए उसके पास न तो ऊर्जा

शेष थी और ना ही वहाँ कोई ऐसा उसका अपना सगा था जिससे वह उस अनुभव को शेयर कर सके। जागने के बावजूद उससे बिस्तर से उठा नहीं जा रहा था। नींद और आलस्य ने उसे फिर से बिस्तर पर पटक दिया।

हड़बड़ाकर समीर लगभग दस बजे उठा तो उसे यह ख्याल आया कि अरे आज तो उसका 'वर्किंग डे' है और...और उसका एक आवश्यक एप्वाइन्टमेंट भी तो कुछ खगोल वैज्ञानिकों के साथ है। वह सरपट अपने आफिस की ओर भागा।

वह जब तक आफिस पहुँचा स्टूडियो में विशेषज्ञ पहुँच चुके थे और डाईरेक्टर ने किसी और को इस इंटरव्यू के लिए बुला लिया था। धड़ाक से स्टूडियो का दरवाजा खोलकर समीर अन्दर घुस गया। "कट-कट" की आवाज़ के साथ डाईरेक्टर साहब ने समीर की क्लास लेनी शुरू कर दी थी।

"मानता हूँ कि आप अपने आपको जीनियस प्रोफेशनल समझते हो... लेकिन, लेकिन इसका यह मतलब कतई नहीं कि, कि आप जब चाहें आयें, जब चाहें जाएँ ... आई कान्ट एक्सेप्ट सच टाइप ऑफ़ निग्लिजेंस ...मिस्टर समीर!" बहल साहब, डाइरेक्टर अभी आगे कुछ बोलें कि उसके पहले समीर ही बोल उठा; "सर! सर! यू कान्ट बिलीव ..आई हैव गाट सम वैल्यूएबुल इन्फार्मेशन फार दिस टास्क ..सर फारगिव मी .. सॉरी, सॉरी...!" समीर एक ही सांस में बोल उठा था! अब एक बार फिर से रिकार्डिंग शुरू हो चुकी थी।

"श्रोताओं, लगभग 5000 वर्ष पूर्व पवित्र गीता के श्लोक 2-16 के अनुसार- "नासतो विद्यते भावो न भावे विद्यते सत:" अर्थात जो विद्यमान (स्थाईत्व में) है उसका क्षय या नाश नहीं हो सकता है और जो विद्यमान नहीं है उसका जन्म नहीं हो सकता है। इस सिद्धांत को आधुनिकता में, कुछ ही सदियों से, ला ऑफ़ कंजर्वेशन आफ एनर्जी या माश के नाम से जाना जाता है। मनु के अनुसार प्रकृति के पराईमारडल स्टेट ग्राफ मैटर से आकाश (इथर) आकाश से वायुमंडल, वायु मंडल से रौशनी(लाईट), वायु मंडल व

रौशनी से ऊष्मा (हीट), इनसे जल और जल से सभी जीव जन्तुओं का आविर्भाव हुआ है। आर्यभट्ट, वराह मिहिर, अज्ञात बल, बृहत संहिता आदि ...." अभी समीर अपनी बात पूरी कर ही रहा था कि अचानक स्टूडियो में अन्धकार छा गया ...

......शायद बिजली की सप्लाई ट्रिप कर गई थी।

तीन

जब से यह दुनिया बनी है या यूं कहें कि इंसान धरती पर भेजा गया है तब से आज तक यह दुनिया, यह इंसान, उसकी जीवन शैली.....सब कुछ तो निरंतर परिवर्तनशील है। यह हाड़-माँस का एक अदद इंसान और उसका मस्तिष्क रात-दिन अपनी वैज्ञानिक तलाश में जुटा हुआ है और वह चाहता है कि प्रकृति और परमात्मा को बेनक़ाब कर डाले ...यह साबित कर दे कि ना तो प्रकृति और ना ही परमात्मा नाम की कोई चीज़ है। यह सब विज्ञान की उपलब्धियों, खगोलीय और रासायनिक परिवर्तनों या प्रगति का परिणाम है। लेकिन इसमें आज तक तो वह सफल नहीं हो पाया है आगे की राम जानें!

समीर की दुनिया में भी फिलहाल नए घटना क्रम जुड़ते जा रहे थे। उसने अब एक शानदार अपने मन माफिक नौकरी पा ली थी। उसके 'बॉस' और उसके ऑफिस के लोग उसे बहुत प्यार दुलार देने लगे थे। लेकिन जब वह खाली होता तो किसी फिल्म की तरह उसका अतीत उस पर हावी होने लगता। यह शायद अकेलेपन के कारण भी रहा हो! उसके पितामह और दादी जी का स्वर्गवास हो चुका था और माता-पिता की ओर से वह निश्चिंत था। उनको किसी प्रकार की आर्थिक मदद समीर से नहीं चाहिए थी क्योंकि गाँव में खेती- गृहस्थी से पर्याप्त पैसा आ जा रहा था। उसकी दोनों बहनें ब्याही जा चुकी थीं। हाँ, माताजी को अब समीर के विवाह और गृहस्थी बसाने की चिंता सताए जा रही थी।

छुट्टी के दिन समीर अपने पुराने दिनों को याद कर रहा था कि उसके मोबाइल फोन की घंटी घनघना उठी।

"हेलो!" समीर ने फोन उठाते ही कहा, "यार! यार! सर्वेश बोल रहा हूँ

...कैसे हो?" उधर से समीर का एक ख़ास दोस्त सर्वेश फोन पर था।

"ओह, सर्वेश!" लगभग खुश होते हुए समीर ने आगे कहा,"यार कुछ सुना न वहाँ का हाल!"

"समीर तुझको एक ज़रूरी बात बतानी थी कि अपने मुहल्ले की वो लड़की जिससे तुम्हारा कुछ-कुछ हो रहा था उसकी शादी होने जा रही है... कुछ करो वरना ...वरना वह हाथ से निकल जायेगी।" सर्वेश अपनी बात कह चुका था। एक झटके में समीर असंतुलित हो चला और हड़बड़ाते हुए बोला..."यार, यार क्या करूँ ...कुछ तू ही बता ना। क्या मैं मम्मी से बात करूँ कि वे उसके घर जाकर मेरे बारे में बातें करें ...लेकिन पिताजी...."

"अबे साले, पिताजी, पिताजी क्या करता है! तू अपनी मम्मी को फोन कर और हो सके तो आ जा।" सर्वेश अपना निर्णय सुना चुका था।

फोन कट गया था और अब समीर बस में सवार था घर जाने के लिए। छुट्टी के लिए उसने अपने बॉस को संदेश भेज दिया था।

जब तक वह अपने घर पहुंचता शाम हो चली थी। सब हैरान और परेशान कि बिना सूचना दिए लड़का कैसे और क्यों कर आ गया था? कहीं कोई लड़ाई-झगड़ा तो नहीं कर बैठा?.......या, या नौकरी ही चली गई?

देर रात जब उसने अपनी माँ को अपने अचानक आने का कारण बताया तो माँ हंस पड़ीं। बोल पड़ीं, "तू तो बड़ा भोला है रे। ....तुम उस धीरा की बात कर रहा है जो तेरे साथ खेलती - कूदती थी ना?"

"हाँ माँ .... क्यों?" समीर हकलाते हुए बोला।....उसके मन में कुछ संदेह जाग उठा।

"अरे मेरे बच्चे, तब से अब तक दरिया का पानी बहुत आगे निकल गया है। वह कुलक्षिन तो बगल वाले मुहल्ले के बंगाली दादा के डाक्टर बेटे के साथ स्कूल से ही कानपुर भाग गई थी ...और ...और जब उसके घरवाले उसे

पकड़ कर लाये तो उसने जिद ठान ली कि मैं शादी करूंगी तो बस उसी डाक्टर से ...मैं, मैं अठारह की हो गई हूँ और मुझे कोई रोक नहीं सकता।" माँ बोलते-बोलते ऐसा उबल पड़ीं मानो उनकी बेटी ने ही ऐसी गुस्ताखी कर डाली हो।

समीर को काटो तो खून नहीं। अब ...अब वह करता भी तो क्या, कहता भी तो क्या? क्या उसे धीरा से बात करनी चाहिए?..हाँ, अवश्य!

लेकिन उसकी कोशिश बेकार गई। अगली सुबह बहुत भोर में समीर ने पहली बस पकड़ ली और अब एक बार फिर वह अपने कार्य स्थल की ओर जा रहा था। उसका मन भारी-भारी था। मन कर रहा था कि वह अपनी किस्मत को लेकर खूब-खूब रोये ..पहले प्यार का मामला जो ठहरा ...!

दुःख तो इस बात का था कि लगभग डेढ़ साल के इस अंतराल में धीरा ने कभी भी ये बातें उसे नहीं बताई थीं।...........यह भी नहीं बताया था कि उसके जीवन में कोई और आ गया है।

"छि: छि: ...इतनी घटिया हरकत उसने कर डाली?" समीर मन ही मन बुदबुदा उठा।

जब कभी अप्रत्याशित तरीके से आपके जीवन में कुछ घटित हो जाता है तब आप कुछ देर के लिए तो अव्यवस्थित अवश्य होते हैं लेकिन अगर आपने वह दौर समझ बूझ कर निकाल लिया तो आप चिंता मुक्त जीवन की ओर उससे दुगुनी गति से चलने लायक हो जाते हैं। समीर अब अपने अतीत के प्यार को भूल चुका था।उसकी सर्विस में सरकार ने वेतन आयोग की रिपोर्ट को जब लागू किया तो सबसे जूनियर होने के नाते उसे सबसे ज्यादा आर्थिक लाभ हुआ। वैसे भी वह आलतू-फ़ालतू खर्च करने का शौक़ीन भी नहीं था। और सिर्फ दिखावे के लिए तो कतई नहीं! कभी-कभार पान खा लिया और महीनों बाद अगर ऑफिस के संगी साथियों ने जोर डाला तो ड्रिंक भी ले लेने में उसे कोई परहेज़ नहीं था।

घरवालों के सुझाव पर समीर ने अपनी लगभग चालीस हज़ार रुपये की जमा पूंजी में एक बहुत बड़ी आवासीय जमीन भी ले ली थी। सोचा कि पड़ी रहेगी और कम से कम बैंक से तो ज्यादा ही सूद देकर जायेगी।

चार

हमारे और आपके जीवन में कर्म और नियति अपने अलग-अलग चक्रव्यूह की रचना करती रहती है। आप लाख कुण्डली, ब्लड ग्रुप, शील - संस्कार का मिलान करके शादी ब्याह करिए, कितना भी दान-दहेज़ दे या ले लीजिए पति-पत्नी का आपसी सम्बन्ध कैसा होगा ये सब बातें उन पर नहीं निर्भर किया करती हैं। हर क्रिया की प्रतिक्रिया तो होती है अवश्य लेकिन अंक गणित के नियम जैसे दो दूनी चार ही हो यह आवश्यक नहीं ... कम से कम मैरिड लाइफ में तो कतई नहीं!... और, जब आपकी मैरिड लाइफ डिस्टर्ब रहेगी तो आपके जीवन में चाँद - तारे, मंगल-शुक्र या बृहस्पति महाराज का क्या रोल रहेगा?...अरे इतना ही नहीं कामदेव महाराज भी लाख कोशिश कर लें, पति पत्नी के एकान्तिक क्षणों में वे भी बेअसर साबित होंगे! और ऐसे में घर के बड़े बूढ़ों का घर में किलकारियां गूँजने का सारा अनुमान ब्यर्थ साबित होता रहता है।

समीर के हाथ से या यूं कह लीजिए कि जीवन से धीरा के जाने के बाद जो ब्याहता के रूप में पत्नी आईं उनका नाम था मीरा।पाण्डेय परिवार के एक बेहद झगड़ालू परिवार की कन्याधन थीं वह। समीर और उसके अभिभावकों पर जाने क्या जादू कर दिया था उनके बाप ने कि जुलाई की झमझम बरसात में समीर पंडित जी के पढ़े जा रहे श्लोक "ओम मंगलम भगवान् विष्णु, मंगलम गरुणध्वजह, मंगलम पुंडरीकाक्षाय मंगलाये तनोहरि .." का मन-प्राण से आचमन कर रहा था। अब जैसी भी थीं मीरा देवी उसके असली जीवन की कहानी की नायिका हो ही रही थीं।

"परस्त्रियं मातूसमाँ समीक्षयं स्नेहं सदा चेन्मयीकान्त कूर्या।

वाम्न्मायामी तदा त्वदीयं ब्रूते वच:सप्तमन्त्र कन्या।"

इस श्लोक को पढ़ने के बाद विवाह करा रहे पंडित जी इसका अर्थ भी बताने से नहीं चूके ....

"अर्थात, कन्या अपने अंतिम वचन के रूप में वर से माँगती है कि आप पराई स्त्रियों को माता के समान समझेंगे और पति-पत्नी के आपसी प्रेम के मध्य अन्य किसी को भागीदार न बनायेंगे। यदि आप यह वचन मुझे दें तो ही मैं आपके वामाँग में आना स्वीकार करती हूँ। "सातवाँ फेरा समाप्त होकर अब सिंदूर दान हो रहा था। सिंदूर दान ही नहीं यह एक प्रकार का नया अध्याय भी शुरू हो रहा था समीर के जीवन का जिसमें आर्थिक तंगहाली, आपसी ईगो की टकराहट और दाम्पत्य जीवन के महाभारत का संशय भी छिपा हुआ था।

समीर की वीरान किन्तु मस्त ज़िंदगी में अब उसके अलावे एक और शख्स ने इंट्री मार ली थी और वह थी उसकी पत्नी मीरा। तीखे नयन नक्श वाली, गोरी चिट्टी, लगभग पांच फीट 4 इंच की हाईट यानि कि समीर से सिर्फ 2 इंच छोटी। आम लोगों के लिए देखने में तो कहा जाय कि यह एक बेहद खूबसूरत जोड़ी थी लेकिन, लेकिन कुछ ही दिन में समीर को ऐसा लगने लगा कि उसकी पत्नी से उसकी आत्मीयता नहीं हो पाएगी,प्यार तो कत्तई नहीं।

मीरा एक अत्यंत छोटे परिवार से आई थी जहाँ तंगहाल जीवन था। सिंचाई विभाग के आफिस से सटे इलाके में उसके पिताजी का क्वार्टर था जिसमें सिर्फ दो कमरे, छोटा आंगन, टिन शेड से घिरा बाथरूम, किचेन था। राज्य सरकार के एक मामूली मुलाजिम को मिलने वाली सहूलियतें। लेकिन मीरा के ख़्वाब और हसरतों का कोई अंत नहीं था। मायके और अब ससुराल की स्टेटस में जमीन आसमान का यह अंतर ढंक जाता अगर दोनों के आपसी सम्बन्ध मधुरता और अंतरंगता के होते। लेकिन सुहाग रात के दिन ही सब कुछ बंटाधार हो गया ...

फिल्मों में जैसा समीर देखता-सुनता आया था, वैसा कुछ नहीं हुआ, कुछ भी नहीं। सजे धजे बिस्तर के एक कोने को पकड़े, सिर पर थोड़ा सा घूँघट डाले मानो किन्हीं ख़ास दी गई हिदायतों के तहत मीरा बैठी हुई थी लेकिन समीर के पास आते ही वह मुखर हो गई। दोनों में थोड़ी बहुत औपचारिकता की बातचीत चली और .. बस।

"मुझे सोना है। बहुत थक गई हूँ। आपके यहाँ तो अम्मा जी ने जैसे मेरी मुँह दिखाई का मेला ही लगा दिया हो।" एक सांस में मीरा ने बोल उठी।

"हाँ, वह तो है मीरा, असल में मेरे यहाँ तो नई-नवेली दुल्हन की मुँह दिखाई का यह क्रम हफ्तों तक चलता रहता है ...परम्परा है, चली आ रही है।" लगभग सूखे गले से समीर ने उत्तर दिया।

"पूरे हफ़्ते? ना बाबा ना, अपने से तो यह सब नहीं होगा। मैं साफ़-साफ़ कहे दे रही हूँ ..हाँ।" मीरा ने फैसला देते हुए कहा।

समीर की हवा निकल गई ..उसे इस बात का एहसास हो गया कि उसकी पत्नी लगता है कि और लोगों से कुछ हट कर है, अलग है। बिना किसी औपचारिकता के मीरा बिस्तर पर पसर गई थी और समीर ..... समीर ने 'दो शरीर एक आत्मा' करने की कुछ कोशिश की लेकिन उसे सफलता नहीं मिली तो नहीं ही मिली। हाँ, और तो और बड़े जतन से एक प्रसिद्ध सुनार के यहाँ से लायी गई सोने की अंगूठी भी वह अपनी पत्नी को उस सुहाग रात नहीं दे सका।

यह क्या? थोड़ी ही देर में मीरा की नाक खर्राटे भरने लगी थी ...जो समीर को इस बात के लिए आश्वस्त किये दे रही थी कि अब जीना है तो पत्नी की शर्तों पर ही जीना है ....।

अगले दिन फिर वही मजमा ...आज तो नई-नवेली बहू से भोजन भी बनवाने की रस्म थी सो सुबह से ही घर में हलचल कुछ बढ़ गई थी। दोपहर में

सभी ने भोजन चखा और बहू के बनाए खाने की तारीफें भी हुईं। मीरा की सासू जी ने उसे कंगन दिए तो तीनों ननदों ने खूब अच्छी -अच्छी साड़ियाँ दीं। उसे देखने आने वाली हर महिला ने कुछ न कुछ प्रतीक चिन्ह उसे दिए, कुछ ने रुपये ही दे दिए थे।

हाँ, समीर की भाभी ने सुहाग रात की अगली रात कमरे में आकर मानो एक मूलमंत्र दे दिया था, "अरे देवर जी कल की रात 'कुछ हुआ' भी या नहीं?" भाभी बोलीं। लगभग चौंकते हुए एक फीकी मुस्कान के साथ समीर से इस प्रश्न का सटीक उत्तर देते नहीं बना फिर भी बोला, "हाँ-हाँ, हम दोनों ने एक दूसरे को जाना समझा, और...." समीर की बात काटते हुए उसकी भाभी ने कहा, "हाँ-हाँ, असली चीज़ तो देवर जी आप बताओगे नहीं ....अरे भाई 'दो शरीर और एक आत्मा' हुई या नहीं?" हँसते हुए उनकी बात अभी खत्म नहीं हुई थी कि वे मीरा की ओर मुखातिब हो बोल पड़ीं, "मीरा, कुछ आयल या क्रीम लेकर सोना ...आसानी रहेगी।" भाभी अपना सुझाव देकर जा चुकी थीं और वे दोनों नि:शब्द....।

खैर, उस रात समीर से ज्यादा अनुशासन अपनाना सम्भव नहीं हो सका और मानो तयशुदा योजना के अनुसार उसने मीरा को अपनी भौतिक सम्पदा समझते हुए उसके शरीर के हर अंग को स्पर्श कर अपने कामदेव को जगाना शुरू किया ...और ..और ..उस तरफ से किसी प्रकार का सहयोग नहीं मिलता देखकर मीरा के बदन पर टूट पड़ा ....जिसकी मीरा को कतई उम्मीद नहीं थी।समीर के इस व्यवहार से मानो वह आहत भी हो गई।

लगभग एक हफ्ते बाद ही मीरा को मायके ले जाने के लिए समीर के साले आ गए। मीरा चली गई।

समीर भी अब अपने काम पर वापस आ गया था। दफ्तर में लोगों ने शाबाशियाँ देनी शुरू कीं और कुछ ख़ास सहयोगियों ने तो दारु पार्टी की भी फरमाइश कर दीं। समीर ने वेतन मिलने पर ऐसी पार्टी देने का आश्वासन देते

हुए उनसे जान बचाई।

दिन बीत रहे थे। समीर को सेक्स का स्वाद लग चुका था और इसके लिए मीरा की बहुत आवश्यकता महसूस होने लगी। असल में वह पत्नी को एक गृहिणी, एक प्रेमिका, एक मित्र के रूप में देखना, महसूस करना और उसमें एकाकार हो जाना चाहता था। हर व्यक्ति के शरीर की एक ख़ास उम्र में अपनी आवश्यकताएं होती हैं। वासना की भी अपनी खुराक हुआ करती हैं। समीर के अनुसार जिस तरह दवाइयों को उसकी खुराक के अनुसार समय पर अवश्य ही खाई जानी चाहिए उसी तरह मनुष्य की ज़िन्दगी में सेक्स का स्थान है। पार्टनर अगर सहयोगी मिला तो आप न केवल संतुष्टि का अनुभव करते हैं बल्कि आप अपने आपको फ्रेश भी महसूस करते हैं।

समीर ने फोन पर दो- एक बार कोशिश की कि मीरा से कुछ रोमाँटिक बातचीत हो सके लेकिन मीरा के मानो तन- मन, दोनों पर सैकड़ों साल के वर्जना की बेड़ियों ने अपनी जकड़ डाल रखी थी। उसकी सेक्स में तो कतई रूचि नहीं थी। सुहाग रात के शुरूआती अनुभव से उसे समीर के प्रति घृणा भी हो चली थी।

उधर मीरा अपना एम.ए. का फाइनल इम्तहान दे रही थी और उसने मुस्कुराते हुए एक दिन फोन पर बताया कि फिलहाल समीर के साथ उसका रहना एक महीने तक नहीं हो पायेगा।

समीर ने भी अब अपनी ज़िंदगी में खाना-पीना और सोना अपना लिया था। जाने क्यों अपनी मनचाही नौकरी में भी उसने धीरे-धीरे रस लेना छोड़ दिया था। वह उतना ही काम करता था जिससे उसकी नौकरी बची रहे। हाँ, शराब और कबाब उसकी ज़िंदगी का हिस्सा बन गये और सेक्स, उसकी चर्चा आगे!

हाँ, हुआ यह कि समीर का शरीर धीरे-धीरे खूब भारी होता चला गया। उसका वज़न पचास किलो से अस्सी किलो तक पहुँच गया। उसे स्वयं लगने

लगा कि अब अगर उसने घर का बनाया सामिष खाना नहीं खाना शुरू किया तो वह दिन अब दूर नहीं जब उसका शरीर बेडौल, बदसूरत तो होगा ही बीमार भी हो जाएगा।

जब आप कुछ ठान लें और दृढ़ता से संकल्प लेकर उस पर अमल करना शुरू कर दें तो आपका आत्मबल बढ़ता है। आपके उद्देश्य की प्राप्ति भी तो होती ही है। समीर अब नियमित पास के जिम में जाने लगा था और इसका असर यह हुआ कि उसका वज़न तो नियन्त्रण में आया ही, उसका शरीर भी गठीला और सुन्दर हो गया। समीर अब अपने शरीर और स्वास्थ्य से संतुष्ट था लेकिन मन से?

पाँच

किसी व्यक्ति की सुंदरता किन चीजों पर आंकी जाती है? उसका रूप-रंग, उसका शारीरिक सौष्ठव, उसका पारिवारिक सन्दर्भ, उसकी तनख्वाह या स्टेटस, उसका व्यवहार? या यह सब कुछ! अक्सर अपनी लड़कियों के लिए बहू चुनते समय परिवार और समाज यही पैमाना अपनाता है। कुछ अत्यंत व्यावहारिकता वाले लोग लड़के की कमाई को ही मूल आधार बनाकर दामाद का चयन कर डालते है तो कुछ लोग सिर्फ वेतन भत्ता ही नहीं उसकी "ऊपरी कमाई" कितनी है, इसका आधार बना कर अपनी लाड़ली को सौंप देते हैं।

समीर के साथ यह सब कुछ था। कुलीन परिवार, अच्छी और प्रतिष्ठित नौकरी, अच्छा डील-डौला। उसके ससुराल वालों को और क्या चाहिए था? और समीर को? समीर को चाहिए थी एक अत्यंत शांत दिमाग की लड़की जो परिवार को साथ लेकर चल सके, उसकी सेक्स सहित निजी आवश्यकताओं को पूरा कर सके और उसकी तनख्वाह के अनुसार न सिर्फ महीने का खर्च चला ले बल्कि इमर्जेंसी के लिए कुछ पैसे भी बचा ले। सुहाग रात में ही मीरा के नाज़ नखरों से समीर आहत हुआ था और मीरा उसके जबरन सेक्स से। उसके बाद यूनिवर्सिटी की आगे की पढ़ाई के नाम पर पत्नी का मायके में रुके रहना उसको पसंद नहीं आया। इससे भी आगे चलकर जब समीर को यह पता चला कि मीरा अपनी एक अलग पर्सनालिटी डेवेलप करने के लिए दृढ संकल्पित है और वह नौकरी अवश्य करेगी तब उसके ऊपर मानो पहाड़ ही टूट पडा!

समीर के व्यक्तित्व और परिवार का आधार था उसका वैभवशाली अतीत। जिस प्रकार एक माली किसी भूमि को पहले तैयार करके, खाद-पानी

देकर विभिन्न पेड़ पौधों को उनके सीजन के अनुसार को रोपित करता है, उन पौधों की गहन देख-रेख करता है इस उम्मीद में कि वे एक दिन फलेंगे-फूलेंगे और परिजनों को लाभ पहुंचाएंगे -समीर के पारिवारिक पुरोधाओं ने भी वैसा ही किया था। वह जब कम उम्र का था उसे उसके पितामह नेपाल के अपने उस गाँव ले गए थे। भारत की सीमा से लगा हुआ था उसका यह गाँव।

यहाँ अपने देश में भी लगभग 40 एकड़ की खेती और कम से कम चार पांच बागीचे थे फलों के। उसके पितामह जमींदार थे। जमींदार तो तब तक चली गई थी लेकिन गाँव में उनके परिवार का रौब-दाब अभी भी पहले जैसा ही बरकरार था। जब कोई विशेष जाति का आदमी उनके घर के सामने से निकलता था तो वह अपने जूते उतार कर हाथ में ले लेता था। उसका घर "बखरी" के नाम से जाना जाता था। नौकर चाकरों की फ़ौज हुआ करती थी और घर के मुखिया "मालिक" और उनकी गृहस्वामिनी "मालकिन" के सम्बोधन से पुकारी जाती थीं। क्या जलवे थे इस परिवार के!

लेकिन समय ने सब कुछ बदल डाला था। एक मामूली घर की शार्ट-टेम्पर्ड लड़की, अभिमान से चूर-चूर लड़की को इन सब वैभव से क्या लेना-देना था? उसे तो अपनी अलग ही पर्सनालिटी बनाने का भूत सवार था। अब उसकी इस योजना के क्रियान्वयन के आगे चाहे जितनी भी कुर्बानियां लेनी या देनी पड़े, वह कतई रुकने या ठहरने वाली नहीं थी। उसने अपने घर का अभाव देखा और सहा था इसलिए और भी।

एम.ए.की परीक्षा ज्यों खत्म हुई मीरा समीर के साथ रहने के लिए दिल्ली आ गई। दो कमरे के फ़्लैट में इन दो प्राणियों से थोड़ी रौनक तो आई लेकिन समीर और मीरा के आपसी सम्बन्ध और आंतरिक जीवन का सूखापन जाना अभी शेष था या यूँ कहा जाय कि विशेष था।क्या वे एक दूसरे के क़रीब आयेंगे?

एक दिन समीर के आफिस में देर तक पार्टी चलती रही। समीर उन

दिनों जमकर शराब पीने लगा था। शराब ही नहीं उसके आफिस की मिसेज पुष्पा ने उसकी तन्हाई का फायदा उठाते हुए उसको अपने काफी करीब भी आने की छूट दे रखी थी। मिसेज पुष्पा की देहयष्टि में वह सब कुछ था जिसे समीर को तलाश थी। गदराया हुआ यौवन, निमन्त्रण देती हुई आँखें, उन्नत और कसे हुए वक्ष, लचीला कटि प्रदेश और हिरनी जैसी चाल .... कोई भी सामान्य व्यक्ति एक बारगी को मिसेज पुष्पा की ओर खिंचा चला आता सो समीर भी कोई भगवान तो था नहीं और उसको उन दिनों जो आग लगी हुई थी उसे बुझाने की अनिवार्यता भी तो थी! समीर मौके बे मौके मिसेज पुष्पा के घर आने जाने लगा था। मिसेज पुष्पा के पति अक्सर बाहर ही रहते थे। उनको बच्चे अभी हुए नहीं थे, घर में न सास न ससुर! समीर और पुष्पा दोनों के लिए एकान्तिक सुख... चरम सुख पाने का स्थान बन गया था।

हाँ, तो बातें बहक सी जाया करती हैं कुछ यूं कि मानो किसी घटना का आँखों देखा वृत्तान्त सुना रहे हों! हम यह बताना भूल ही गए कि उस दिन हुआ क्या! समीर पार्टी पूरी करते-करते जब अपने फ़्लैट पर आया तो उसने शराब खूब पी रखी थी। शराब पीना उसकी दिनचर्या नहीं थी .... लेकिन उसके लिए कोई नई बात भी नहीं थी। उसे डर था कि कहीं मीरा हंगामा न खड़ा कर दे ...और वही हुआ भी!

"अरे, समीर तुमने शराब पी रखी है? अच्छा, तो तुम ये शौक भी फरमाने लगे?" अपना आपा खोकर लगभग चीखते हुए मीरा बोली।

समीर कुछ बोले, अपनी सफाई दे कि हंगामा तो सर उठाकर बरपने लगा था। अड़ोस-पड़ोस अभी पूरी तरह सोया नहीं था। माडल टाउन वैसे भी शौक़ीन लोगों का मोहल्ला था जहाँ देर रात तक पार्टियां चला करती थीं। इसलिए स्वाभाविक था कि पड़ोसी भी इस मनोरंजक आडियो या वीडियो दृश्य देखने की कोशिश करने लगें।

आज तो जैसे मीरा ने ठान लिया था कि फैसला होकर रहेगा या तो

शराब या मैं!वह ग़लत भी नहीं थी क्योंकि उसने अपने मायके में अपने भाई और चाचा को शराब की लत से हुए नुकसान को देखा था।

किचेन से भरभरा कर बर्तन गिरने, बेड रूम को धड़ाक से बंद होने , दरवाज़ा अन्दर से लाक करने का नाटक कर्म देर रात चलता रहा। समीर उसी वक्त और हतप्रभ मन:स्थिति में ड्राइंग रूम के सोफे पर ढेर हो गया था। कुछ नशे में, कुछ क्षोभ में और बहुत कुछ मीरा के इस अकल्पनीय व्यवहार से आहत होकर। अंततः वह बोल ही पड़ा, "अरे, शराब पी लिया तो बहुत बड़ा ज़ुल्म कर लिया है क्या?" समीर जाने क्या–क्या बुदबुदा रहा था।

नियति अपनी व्यूह रचना करने में लगी हुई थी। क्या समीर और मीरा का यह झगड़ा कोई नया गुल खिलाएगा, यह अभी भविष्य के अदृश्य पृष्ठों पर अंकित था।

छह

सदियों से यह परम्परा रही है कि घर में बच्चा जब जन्म लेता है तो माताएं उसकी खूब-खूब बलाएं लेती हैं, लाड़-दुलार देती हैं और उसके मंगल, अति मंगल भविष्य की कामना भी करती हैं। नहला-धुलाकर, पोंछ-पाछ कर, माथे पर काला टीका भी लगा देती हैं, यहाँ तक कि कुछ और सुलभ नहीं हुआ तो वे अपनी आँखों के काजल को ही उंगली की पोर से निकाल कर उसको टीका लगा देती हैं कि 'मेरे लाल को किसी की बुरी नज़र ना लगने पाए!' लोग नया घर बनवाते हैं तो घर के माथे पर भी ऐसा कुछ प्रतीक चिन्ह लगा देते हैं जिसका मंतव्य घर को बुरी नज़र से बचाना होता है। लेकिन आने वाले दिनों में यह काला टीका क्या उस बच्चे को उन बुरी नज़रों से बचा पाता है? या मकान के माथे पे टंगा नज़र बट्टू उस घर को बुरी नजरों से बचा पाता है? समीर के मामले में तो कतई नहीं।

समीर इन दिनों मार्निंग वाक पर निकलने लगा था। मीरा रात में देर तक सेक्स को लेकर झगड़ती थी और सुबह देर से जागती थी तो समीर को भोर होते ही नींद खुल जाने पर बिस्तर छोड़ देने का उतावलापन होता। सो उसने सोचा क्यों न सुबह सबेरे की ताज़ी हवा का आनंद लिया जाये। दिल्ली में हर इलाका वैसे तो घनी आबादी वाला है लेकिन संयोग से माडल टाउन का वह इलाका ऐसा था जहाँ दो-तीन पार्क भी उपलब्ध थे और वहाँ सुबह के समय ज्यादातर वृद्ध और महिलाएं टहलने जाया करती थीं। उन्हीं लोगों की भीड़ में एक नाम समीर का भी जुड़ गया था।

पार्क के लगभग दस चक्कर लगाकर समीर बेंच पर बैठने जा ही रहा था कि दूर से किसी शर्मा जी मास्टर साहब जैसे व्यक्ति के आने का उसे

आभास हुआ। शर्मा जी? हाँ हाँ .. वही शर्मा जी जिन्होंने समीर के लगभग सभी भाई बहनों की प्रारम्भिक कक्षाओं में नैया पार लगाई थी। "शर्मा जी, और वह भी यहाँ?" समीर को कुछ समझ में नहीं आ रहा था कि वह व्यक्ति और भी निकट आ गया।

"शर्मा जी नमस्कार!" समीर अब बोल उठा।

"नमस्कार!" आने वाले व्यक्ति ने उत्तर दिया और उसने समीर को पहचानने की कोशिश की।

"मैं, समीर!" समीर ने अपना परिचय आगे बढ़ कर दिया।

"ओह! समीर!" लगभग चौंकते हुए उन्होंने आगे कहा, "तुम, ..तुम दिल्ली कब से?" शर्मा जी ने समीर से पूछा।

"मैं आजकल यहाँ पोस्टेड हूँ। प्रयागराज से मेरा यहाँ ट्रांसफर हो गया था और मैंने भी अपनी सर्विस में ऊंचाई पाने के लिए कुछ नये अवसर उत्पन्न करने के उद्देश्य से यहाँ आना बेहतर समझा। समीर बोल उठा। बेंच पर बैठकर दोनों अब बातचीत में व्यस्त हो गए थे।

पता चला शर्मा जी अपने घर के महाभारत में कुछ ऐसा जकड़ गए थे कि वे अकल्पनीय परेशानी में पड़ गए थे। अकबरपुर के एक महाविद्यालय में शिक्षण कार्य से सेवा लेकर उन्होंने सोचा था कि अब आराम से जीवन बीतेगा लेकिन सास बहू के नियमित झगड़े ने एक दिन ऐसा गुल खिलाया कि एक दिन बहू ने अपने आपको कमरे में बंद करके आग लगा ली थी। गनीमत यह कि दरवाज़ा तोड़कर पड़ोसियों ने उसकी जान बचा ली थी। महीनों के इलाज के बाद वह ठीक तो हो गई थी लेकिन पुलिस केस होने के कारण अब सास-ससुर यानी शर्मा जी और मिसेज शर्मा, दोनों, अदालती चक्कर लगा रहे थे। उनका दिल्ली आना उसी के तहत हुआ था। उनको किसी बड़े वकील से सलाह लेनी थी।

भला समीर इस नाज़ुक मामले में शर्मा जी की क्या मदद कर सकता था? सिवाय इसके कि वह उनके ठहरने या किसी अन्य प्रकार की सहायता करने के सवाल उनसे पूछे। वैसे वे ठहरे तो कहीं हैं ही इसीलिए आराम से सुबह की सैर कर रहे हैं। हाँ, पैसे रूपयों की बाबत बात पूछी जा सकती है। वह मन ही मन सोचता रहा।

"शर्मा जी, आपको मैं किस प्रकार से मदद कर सकता हूँ।" ना चाहते हुए अन्यमनस्क भाव से समीर बोल उठा।

"क्या मदद करोगे बेटा जब मेरी किस्मत ही फूट गई है। अब तो भगवान ही मुझे इस मामले से मुक्ति दिला सकते हैं।नहीं जानता था कि जीवन के इस चौथेपन में मुझे गली - गली की ख़ाक छाननी होगी, कितने - कितने अपमान के घूँट पीने पड़ रहे हैं मुझे ..." वे लगभग रोने ही लगे थे।

समीर चुप्प....वह बोलता भी तो क्या! हाँ, उसे लगने लगा कि शर्मा जी ही नहीं आजकल घर का हर बड़ा बुजुर्ग संयुक्त परिवार में उपजने वाले गणितनुमा कठिन और दुरूह प्रश्नों को हल कर पाने में असफल सिद्ध होता जा रहा है। अब नई पीढ़ी में सहने की आदत नहीं रही और पुरानी पीढ़ी अपनी अकड़ छोड़ने से रही।

शर्मा जी विदा ले चुके थे लेकिन समीर तमाम उलझनों में फंस चुका था। इन उलझनों में मीरा की ऊंची आवाज़ में बोलना, हमेशा चिड़चिड़ाना और सेक्स के प्रति गहरी उदासीनता भी एक थी। सेक्स, पति और पत्नी को निकट लाने के लिए एक अनिवार्य कारक का भी काम करता है और वह इन दोनों की ज़िंदगी में अभी अपनी जगह नहीं बना पा रहा था। इसीलिए समीर का अन्य महिलाओं के प्रति आकर्षण बढ़ने लगा था। मिसेज पुष्पा उसकी सेक्स आग को बहुत हद तक शांत कर रही थीं लेकिन कब तक?

समीर को अक्सर अपने गाँव की पृष्ठभूमि याद आया करती थी जब घर की औरतें कम से कम उच्छृंखल तो नहीं हुआ करती थीं। चलो जमाना बदल रहा है लेकिन क्या इस जमाने ने स्त्री को मर्द और मर्द को स्त्री बनाने की राह दिखा दी है? ठीक है औरत का अपना 'स्पेस' होना चाहिए लेकिन 'स्पेस' के नाम पर तानाशाही का रवैया अपनाना, मर्द को सेक्स के लिए तड़पाना तो नहीं चाहिए?

सात

उस दिन अचानक समीर को उसके बॉस का जब ऑफर मिला कि उसे अमेरिका जाना है और साथ की टीम में मिसेज पुष्पा भी शामिल थीं, यह जानकर तो उसके अपने सारे सपनों को पंख मिल गया। वह सोच में पड़ गया। वह घर आकर इस समाचार को मीरा को बताये या नहीं? अगर उसने बता दिया तो मीरा का क्या रिएक्शन होगा, इस उहापोह में वह पड़ गया। उस समय रेडियो पर संतोष आनन्द का लिखा और लता मंगेशकर और मुकेश का गाया फिल्म "शोर" का यह मधुर गीत बज रहा था, "एक प्यार का नग़मा है, मौजों की रवानी है, ज़िन्दगी और कुछ भी नहीं, तेरी मेरी कहानी है.... दो पल के जीवन से, इक उम्र चुरानी है, ज़िंदगी और कुछ भी नहीं, तेरी मेरी कहानी है ..."

समीर मन ही मन बुदबुदा उठा, "मौजों की रवानी. हुंह.." और उसने बेरहमी से रेडियो का गला ऐंठ दिया। रेडियो बजना बंद हो गया।

समीर इधर अपनी विदेश यात्रा की तैयारियां करने लगा और उधर मीरा अपने कैरियर के लिए इधर-उधर हाथ पांव मार रही थी लेकिन उसे अभी तक कोई सफलता नहीं मिल सकी थी। उसे किसी ने सलाह दी कि बी.एड. कर लो... बम्पर वेकेंसी आने वाली है... स्कूल और टीचिंग ऐसा क्षेत्र है जो कभी भी बंद नहीं होता बल्कि उसकी आवश्यकता बढ़ती ही रहती है। सो, मीरा को अब बी.एड.करना ही है। उसे बेहतर लगा कि वह अपने मायके की यूनिवर्सिटी में बी.एड. एडमिशन का फार्म भर दे। वहाँ और भी ढेर सारी सहूलियतें मिल जाएंगी, मायके का सुख तो मिलेगा ही! मीरा ने अपनी कार्य योजना समीर को बता दी। समीर क्या कहता, क्या करता? उसे मीरा के निर्णय

को स्वीकारने के अलावा रास्ता ही क्या बचा था?

मीरा और समीर के बीच की अन्य दिक्कतों में एक यह बड़ी दिक्कत थी कि बिना विमर्श दोनों एक दूसरे पर अपना निर्णय थोप देते थे। लगभग हतप्रभ, अगले पक्ष के पास दो विकल्प होते.. या तो वह विरोध करे या सिर झुका कर स्वीकार कर ले।

मीरा अपने मायके चली गई.. हाँ, हाँ ..समीर के विदेश जाने की तैयारियों के बीच ही......थोड़े गुस्से, थोड़े ताव में।

समीर की शादी के लगभग एक वर्ष हो चले थे और इस वैवाहिक जीवन से न तो समीर संतुष्ट था और न मीरा। दोनों की अपनी अपनी व्यथाएं थीं। समीर गर्म मिज़ाज और..और हर मायने में मीरा ठंढी....सेक्स में तो और भी।

समीर ने कहीं पढ़ रखा था कि फ्रांस की एक राजकुमारी ने आर्गेज्म को लेकर कई प्रयोग किए। उसका मानना था कि शारीरिक कमी के कारण महिलाएं चरमसुख हासिल नहीं कर पाती हैं। वह नेपोलियन बोनापार्ट के खानदान से आती थीं। फ्रांस के प्रिंस रोलैंड नेपोलियन बोनापार्ट की वह इकलौती संतान थी। पिता की ओर से उन्हें रुतबा मिला, जबकि माँ की तरफ से मिला पैसा। उनके नाना मोंटे कार्लो के मुख्य रियल एस्टेट डिवेलपर थे। उनकी शादी हुई थी ग्रीस और डेनमार्क के राजकुमार प्रिंस जॉर्ज से। देखने में बेहद खूबसूरत, साथ ही ज़हीन भी। उनकी गिनती अपने दौर की बुद्धिमान महिलाओं में होती थी और उनके दोस्तों में महान मनोविश्लेषक सिग्मंड फ्रायड थे। इसके बावजूद वह खुश नहीं थीं और वजह थी सेक्स से मिला असंतोष। मैरी बोनापार्ट एक ऐसी राजकुमारी थीं, जिन्होंने सेक्स और महिला आर्गेज्म के राज़ खोजने के लिए अपने ही शरीर को प्रयोगशाला बना दिया।

क्या आप भी नहीं जानना चाहेंगे इस रोचक दास्ताँ को? हाँ तो बोनापार्ट का जन्म हुआ था 1882 में। कहते हैं कि उनमें गजब की चाहत थी सेक्स

की। जब वह 10 साल से कम उम्र की थीं, तभी उनकी एक आया ने उन्हें मास्टरबेशन करते हुए पकड़ लिया। यूरोप में भी उस समय किसी महिला के लिए सेक्स के बारे में बातें करना और अपनी इच्छाएं जाहिर करना वर्जित था। आया ने मैरी को समझाया कि यह पाप है। इसका बुरा असर पड़ेगा। मैरी इससे थोड़ा डरी ज़रूर, लेकिन सेक्स को लेकर उनके सवाल पहले से ज्यादा मुखर हो गए।

मैरी की सबसे बड़ी परेशानी यही थी कि उन्हें सेक्स के दौरान कभी आर्गेज्म नहीं मिला जो परम सुख वह मास्टरबेशन से पा सकती थीं। उनकी अधूरी ख्वाहिश की एक वजह कुछ हद तक उनके पति भी थे, प्रिंस जॉर्ज। साल 1907 में एथेंस में बहुत ही धूम-धड़ाके से दोनों की शादी हुई। प्रिंस जॉर्ज उम्र में मैरी से 13 साल बड़े थे, पर यह एक सामान्य बात थी। ख़ासकर उनके ओहदे को देखते हुए। हालांकि पहली ही रात मैरी को पता चल गया कि शादी के बाद सेक्स के जिस आनंद को वह पाना चाहती थीं, वह शायद पति से न मिले। दोनों के दो बेटे हुए और लगभग पांच दशक दोनों ने विवाहित के तौर पर बिताए, लेकिन इस रिश्ते में वह चीज़ नहीं थी, जिसकी तलाश थी मैरी को। प्रिंस जॉर्ज होमोसेक्सुअल थे। पत्नी से ज्यादा दूसरे पुरुषों में दिलचस्पी थी उन्हें और यह बात उन्होंने पहली रात ही जाहिर भी कर दी थी।

प्यार की तलाश मैरी को कई दूसरे पुरुषों तक ले गई। इनमें फ्रांस के प्रधानमंत्री भी शामिल थे, लेकिन किसी के भी साथ कभी भी मैरी आर्गेज्म तक नहीं पहुँचीं। उस समय तक माना जाता था कि महिलाओं के लिए सेक्स का कुल मामला वजाइना तक सीमित है। ऊपर से फ्रायड यह थिअरी ले आए कि मास्टरबेशन और क्लाइटोरिस की बातें बेकार हैं। अगर कोई महिला सेक्स में इन सब चीज़ों के बारे में सोचती है, तो उसे मानसिक मदद की ज़रूरत है।

एक तरफ दुनिया ये कह रही थी और दूसरी ओर मैरी के अपने अनुभव। वह ये बात मानने को तैयार ही नहीं थीं कि महिलाओं को सेक्स के दौरान

आर्गेज्म नहीं हो सकता। उन्होंने अपने शरीर को निहारा और निष्कर्ष निकाला कि चरमसुख न मिल पाने की वजह है शारीरिक समस्या। अपने केस में उन्होंने यह समस्या पाई वजाइना और क्लाइटोरिस के बीच की दूरी। मैरी ने दूरी नापी, करीब तीन सेंटीमीटर। उन्हें लगने लगा कि बस इसी वजह से वह चरमसुख से दूर हैं। इस थिअरी को साबित करने के लिए चाहिए थे प्रमाण, तो मैरी ने दूसरी महिलाओं के वजाइना और क्लाइटोरिस पर स्टडी शुरू कर दी।

पेरिस में कुल 243 महिलाओं पर अध्ययन किया उन्होंने। साल 1924 में उनकी स्टडी एक मेडिकल जर्नल में प्रकाशित हुई। मैरी ने ख़ुद का नाम न देकर एक झूठे नाम का सहारा लिया, ए.ई. नरजानी। हालांकि समझने वाले समझ गए कि यह किसी मेडिकल रिसर्चर का काम नहीं है।

बताते हैं मैरी बोनापार्ट ने अपने जानने वाले कुछ डॉक्टरों के साथ मिलकर यह काम किया था। इस रिसर्च में वे महिलाएं शामिल थीं, जो इन डॉक्टरों की मरीज थीं। मैरी ने सभी से तफ़सील से उनकी सेक्स लाइफ के बारे में जाना। फिर वजाइना और क्लाइटोरिस की दूरी के आधार पर महिलाओं के तीन वर्ग बनाए। पहली कैटिगरी में उन्हें रखा, जिनमें यह दूरी ढाई सेंटीमीटर से ज्यादा थी। मैरी ख़ुद भी इसी श्रेणी में आती थीं और अपनी जैसी दूसरी महिलाओं से बात करने के बाद उन्हें पक्का यकीन हो गया कि वे कभी सेक्स में चरमसुख नहीं हासिल कर पाएंगी। जिन महिलाओं में यह दूरी एक सेंटीमीटर से कम थी, उन्हें मैरी ने सबसे ज्यादा लकी माना। इसके अलावा एक छोटा हिस्सा ऐसी महिलाओं का था, जिनके बारे में मैरी का मानना था कि उनका आर्गेज्म उनके मूड और उनके पति पर निर्भर करता है।

इस रिसर्च के पब्लिश होने तक मैरी की सिग्मंड फ्रायड से काफी गहरी पटने लगी थी। सेक्स पर फ्रायड की थिअरी को लेकर उनकी बातचीत शुरू हुई। पहले लेटर और फिर मुलाकातें। मैरी पहली बार मरीज बनकर गई थीं फ्रायड से मिलने। लेकिन दोनों को दूसरे की शख़्सियत दिलचस्प लगी। मनोविश्लेषण

में मैरी की रुचि बढ़ती गई और उन्होंने इस दिशा में काफी काम किया। फ्रायड के प्रति मैरी के दिल में कितना सम्मान था, इसे इस बात से समझ सकते हैं कि जब ऑस्ट्रिया पर जर्मन नाजियों ने हमला किया, तो फ्रायड की जान मैरी ने ही बचाई। हालांकि यह एक दूसरी ही कहानी है।

मैरी की अपनी कहानी यह है कि ढेर सारी पढ़ाई के बाद जब प्रयोग की बारी आई, तो भी उन्होंने अपने ही शरीर को चुना। उन्होंने और ऑस्ट्रिया के स्त्री रोग विशेषज्ञ जोसफ हलबन ने एक सर्जरी खोजी। इसे नाम दिया हलबन-नरजानी प्रोसिजर। इसके ज़रिए क्लाइटोरिस को वजाइना के पास लाना था। इससे पहले तक केवल महिलाओं की लाशों पर ऐसा प्रयोग किया गया था। लेकिन मैरी को अपनी थिअरी पर पूरा यकीन था और दूसरों पर इसे साबित करने के लिए उन्होंने सर्जरी करा ली। आज हम जानते हैं कि क्लाइटोरिस के आसपास कई संवेदनशील नसें होती हैं, जिनके ज़रिए महिलाएं छोटी से छोटी अनुभूति महसूस कर पाती हैं। सर्जरी ने मैरी की उन नसों को नुकसान पहुंचा दिया। उनकी संवेदनशीलता कम हो गई।कुछ अरसे बाद हलबन ने एक और सर्जरी करने का सुझाव दिया और इस बार भी मैरी मान गईं और इस बार भी नाकामी मिली। इस बीच कुछ गाइनकालजिस्ट ने ऐसे केस ढूंढ निकाले, जहाँ वजाइना और क्लाइटोरिस की दूरी ढाई सेंटीमीटर से अधिक होने के बावजूद महिलाओं को सेक्स में आर्गेज़्म हुआ। इसके बाद मैरी को अपनी स्टडी झूठ लगने लगी। काफी बाद में उन्होंने एक क़िताब लिखी और इसमें भी अपने सिद्धांतों को ग़लत बताया। मैरी की तलाश आखिर तक पूरी नहीं हुई। इसके चक्कर में उनका पारिवारिक जीवन भी उलझकर रह गया। लेकिन उनके हिस्से का श्रेय उन्हें तब मिलने लगा, जब दुनिया ने जाना कि उनके सवाल कितने अहम थे।

मैरी की इस दास्ताँ को समीर ने पढ़ रखा था और वह अपने निजी क्षणों में मीरा का वजाइना क्लाइटोरिस के पास है या नहीं इसी उधेड़बुन में

लगा रहता।उसने उसे डाक्टर के यहाँ चलने को कहा जिसे उसने इनकार कर दिया।मीरा सचमुच या तो किसी शारीरिक बनावट से या बचपन की घटना से या समीर से अत्यधिक घृणा के कारण समीर का सेक्स में सहयोग नहीं दे पा रही थी ... कभी- कभी तो चाह कर भी! लेकिन जाने अनजाने का यह सेक्स विहीन जीवन इस युगल के लिए काल बनता जा रहा था।

लेकिन सवाल यह था कि क्या समीर और मीरा सेक्स की इन्हीं भूल भुलैय्या में भटकते रहेंगे अथवा उन दोनों के बीच कोई "तीसरा" भी अपनी जगह बनाने के लिए बेताब था? और...और आखिर वह क्या वज़ह हो सकती है कि वही स्त्री और वही पुरुष जब दूसरे के साथ रतिक्रिया कर रहे होते हैं तो उन्हें उनका वांछित "चरम सुख" मिल जाया करता है? कैसे?

आठ

पति और पत्नी के बीच अंतरंग होने के लिए एक साल बहुत हुआ करते हैं। लेकिन ऐसा भी होता है कि पति-पत्नी नदी के दो अलग-अलग किनारे बनकर ही पूरी ज़िंदगी बिताते रहें! एक ऐसा भी दौर समीर ने देखा था जब औरतों को बहुत स्वतन्त्रता नहीं हुआ करती थी। यहाँ तक कि उनका बाहर निकलना भी सम्भव नहीं हुआ करता था। पढाई-लिखाई के नाम पर अधिक से अधिक हाई स्कूल या इंटर और वह भी प्राइवेट। कुछ तो आठवीं से ही घर में बिठा देते थे, यह कहते हुए कि उनको कोई नौकरी तो करनी नहीं है!अरे, चिट्ठी पत्री लिख पढ़ ले, कभी कभार रामायण बांच दे यही तो! लेकिन वह दौर दूसरा था। आज का दौर अब दूसरा आ गया है। अब लड़कियों को बराबर का हक मिल गया है। क्या लड़की और क्या लड़के। बल्कि जैसे बैक अप के रूप में कुछ ज्यादा ही तेज़ी पकड़ने लगी हैं लड़कियाँ।

ठीक यही हाल सामाजिक सम्बन्धों में आया है। अब क्या ऊंच और क्या नीच, क्या अमीर और क्या गरीब! क्या गोरा क्या काला। बड़े आदमी और छोटे आदमी कौन होते हैं इसे जानना मुश्किल है।बल्कि अब आप चमार को चमार, धोबी को धोबी, लुहार को लुहार भी नहीं कह सकते! ये सभी समाज के और देश के सम्मानित नागरिक हैं। अब यह भी स्वतन्त्रता हासिल की जा चुकी है कि आप अपने नाम के साथ जो चाहें वह जातिगत सम्बोधन लगा बैठें।इसीलिए अब सिंह साहब असली ठाकुर हैं या नकली ठाकुर यह जानना एक पहेली बन चुकी है।

सबसे बड़ी पहेली तो अब आज का मनुष्य हो चला है, मनुष्य का हाईटेक वर्जन हो चला है, उसकी मन:स्थितियां हो चली है, उसकी वर्चुअल दुनिया

हो चली है, आर्टीफिशयल इंटेलिजेंस हो चला है ,उसके अन्दर बैठा देव और दानव हो चला है। पुरुष, नारी या सन्तानें सब एक दूसरे पर भारी पड़ते जा रहे हैं। कोई किसी से कमतर अपने को मानने को तैयार ही नहीं है!....और यही जो भावना है वह मनुष्य को उसकी मनुष्यता से भी दूर करती चली जा रही है। मनुष्य की संवेदनशीलता तो गई तेल लेने।

मीरा ने अपना रास्ता ढूँढ़ लिया था।उसे अपने कैरियर को दाम्पत्य जीवन के आगे नतमस्तक नहीं करना है। वह अपना अलग व्यक्तित्व बनाकर ही रहेगी। वह किसी की मिसेज बनकर अपना परिचय नहीं देना चाहती बल्कि लोग उसे मैडम के रूप में पहचानें। 'मैडम मीरा, दि ग्रेट ...!'

समीर ने विदेश जाने की अकेले ही सारी तैयारियां करनी शुरू कर दी थी। पासपोर्ट तो पहले ही बना था, उस ख़्वाब के तहत कि शादी के बाद अगर बात बनी तो कम से कम दुबई या मारीशस हो आऊंगा। लेकिन सो तो होने से रहा। घर में आते ही उसकी पत्नी के तेवर ऐसे चढ़े कि घर की छत के नीचे ही रहना मुश्किल हो चला था।पासपोर्ट के बाद वीसा! अमेरिकी वीसा लगवाने में उसे कई परेशानियो का सामना करना पड़ा। वह तो ऑफिस के लोग थे जो आसानी हो गई। अब उसके विदेश जाने की तैय्यारी मुकम्मल हो चली थी।

समीर के संगी साथियों के यहाँ से उनके विवाह के बाद उनके घरों में किलकारियों की गूँज सुनाई देने लगी थी।राहुल भट्ट तो एक साथ जुड़वा बेटे पा चुका था तो सुशील मोहन के घर एक लड़की ने जन्म ले लिया था। समीर के लिए यह सब बातें फिजूल की थीं।अपने-अपने कैरियर के आगे उनके यहाँ अभी किलकारियां तो गूँजने से रहीं।

मीरा अपने मायके में बी.एड. की पढाई करने जा चुकी थी और समीर आज लन्दन के लिए फ्लाईट पर सवार था।

"किसी स्त्री में पुरुष का होना आवश्यक नहीं लेकिन पुरुष में स्त्री के होने से पुरुष के सम्पूर्ण व्यक्तित्व में चार चाँद लग जाते हैं ..."

यूनिवर्सिटी में व्याख्यान चल रहा था और मीरा का मन समीर की विदेश यात्रा में लगा हुआ था। उसे यह सोच कर मजा आ रहा था कि अब वे मेरा मोल समझ रहे होंगे जब शर्ट मिल रही होगी तो मैचिंग पैंट नहीं और पैंट मिल रही होगी तो शर्ट नहीं ....। मीरा की बी.एड.क्लासेज शुरू हो चली थीं और उन दिनों पढ़ाई कम स्टूडेंट यूनियन की स्ट्राइक ज्यादा हुआ करती थी। एक ही साल का कोर्स था और सबसे मजेदार बात यह थी कि एक सहपाठी नरेंदर ऐसे व्यक्ति मिल गए थे जो उनकी हर तरह से मदद करने लगे थे। हालांकि वे पहले से शादीशुदा और किसी छोटी नौकरी में थे लेकिन उनका सहयोगी रूप और मीरा के प्रति आकर्षण मीरा को उनका सानिध्य देने को विवश कर दिया था। पुरुष के कई चेहरे होते हैं और नारी के भी। नारी अपना काम कराने के लिए अगर उतारू हो जाये तो ब्रह्मा भी हथियार डाल देंगे अक्सर लोगों की यही सोच उन दिनों थी।दिन बीत रहे थे और मीरा अब साधिकार नरेंदर की सहायता ले रही थी। नरेंदर तो मन प्राण से उसके करीब आने को उत्सुक ही थे।

उधर समीर अमेरिका में मिसेज पुष्पा के साथ मजे में अपनी दिनचर्या चला रहा था। वीक डेज़ में वे किसी न किसी समुद्री तट पर जाया करते थे। कार्यदिवस में अगर ऑफिस के काम से छुट्टी मिल गई तो बार-क्लब जाते। भावनात्मक रूप से और अपने मांसल शरीर से पुष्पा वह 'सब कुछ' समीर को दे रही थी जिसकी तलाश समीर को थी। सेक्स और उतावलेपन के दौर में वह "आह! कमान मीरा, यस मीरा कमान.." जाने क्या क्या बड़बड़ाता रहता था ...शायद उसकी अंतर्चेतना में उसकी पत्नी मीरा ही थी लेकिन वह संसर्ग किसी और से कर रहा होता था। अब इसे आप क्या कहेंगे?

नौ

समीर के घरवालों की ज्यादातर खेती हल और बैल के माध्यम से हुआ करती थी। उतने उन्नत बीज और उतने उन्नत कृषि यंत्र अभी तक सुदूर गाँव में नहीं पहुंच पाए थे। इसके चलते पैदावार भी प्रभावित हुआ करती थी। गाँव में तो अब मजदूरों का भी मिलना कम होता जा रहा था। जिसे देखो लुधियाना या दिल्ली भागा जा रहा है। समीर के परदादा ने गाँव पर कोठीनुमा बड़ा घर भी बनवाया था जो अब धीरे धीरे खंडहर में तबदील होता जा रहा था। समीर को उसके पिताजी ने जब कुछ आर्थिक मदद करने कि कहा कि जिससे गाँव की खेती को मॉडर्न किया जा सके तो वह सहर्ष राजी हो गया।

प्रोग्रसिव फार्म नाम से समीर का फ़ार्म अब जाना जाने लगा था और उसके पिताजी ने कुछ और लोगों के साथ मिलकर कारपोरेट खेती करनी शुरू कर दी थी।रिलायंस से उनका करार हो गया था जितनी फसल पैदा होगी वे खरीद लिया करेंगे और वह भी आकर्षक मूल्यों पर।

समीर के भाई और पिता ने मिलकर उस फार्म में न केवल बढ़िया अन्न उत्पादन करना शुरू कर दिया था बल्कि अपने सामाजिक दायित्व को पूरा करते हुए लगभग दस एकड़ में पर्यावरण शुध्द करने के लिए अनुमोदित पेड़ भी लगवा दिये थे। उनके जिलाधिकारी ने उनको बुलाकर सम्मानित भी किया था। समीर के परिजनों का यह मानना था कि वृक्ष न केवल शुद्ध हवा प्रदान करते हैं बल्कि पर्यावरण को भी सुंदर बनाते हैं। पेड़ ,पक्षियों को अपना घोंसला बनाने को आमंत्रित करता है तो वही तपती धूप में राहगीर को छाया प्रदान कर उसे गर्मियों से बचाने में मदद करते हैं। पेड़ों के ना होने से मनुष्य का जीवन

संकट में आ जाएगा यह जानते हुए भी मनुष्य सुख सुविधाओं के लालच में आकर पेड़ों का शत्रु बन बैठा है। वह निरंतर पेड़ों को काटते जा रहा है जिस कारण संसार के पर्यावरण में दुष्परिणाम सामने आ रहे हैं और मनुष्य को कई प्रकार की प्राकृतिक आपदाओं का सामना भी करना पड़ रहा है। पृथ्वी का तापमान लगातार बढ़ रहा है, पहाड़ों का बर्फ लगातार पिघल रही है, जिससे बाढ़ का खतरा बना रहता है। पेड़ पौधे प्रकृति की शान है इस कारण इंसान धरती पर बचे हैं ऐसा उनका मानना था। कुछ ही वर्षों की तपस्या के बाद अब वह फार्म अपने हरियाली के लिए आकर्षण का केन्द्र बन गया है। चूंकि समीर ने भी समय- समय पर अपना आर्थिक योगदान दिया है इसलिए उसे भी संतोष है कि उनके परिजनों ने नेक काम किये! वह भी आज एक सेमीनार अटेंड कर रहा है जिसमें वक्ता वृक्षारोपण पर बोल रहे हैं।

"पेड़ की जड़ों के कारण उपजाऊ मिट्टी हवा मे उड़ने (मृदा अपरदन) से बची रहती है। पेड़ समय पर बारिश करने में हमारी मदद करते हैं। सचमुच पेड़ हमारे सच्चे दोस्त हैं। हमें उनकी रक्षा करनी होगी।पेड़-पौधे खुद धूप और तूफान सहते हैं और हमें शीतल हवा और छाया प्रदान करते हैं! ना कभी किसी से भेदभाव करते हैं और ना कभी किसी को अपना और पराया कहते हैं। हमें इनकी रक्षा करनी होगी और लोगों को पेड़ काटने से रोकना होगा, इनका हम पर बहुत उपकार है, यदि हमारे जीवन में हमें एक अच्छा जीवन चाहिए तो हमें अपने बच्चों की तरह इन पेड़-पौधों को पालना होगा। शुद्ध हवा और ऑक्सीजन के बिना मानव जीवन असंभव है। कई प्रकार के प्राकृतिक आपदाओं और प्रदूषण से भुगतने के पश्चात अब लोगों को वृक्षारोपण का महत्व समझने आने लगा है। अब शहर से लेकर गाँव तक लोगों और सरकार ने मिलजुल कई कार्यक्रमों की शुरुआत की है जिससे वृक्षारोपण को बढ़ावा मिले। स्कूल और कॉलेज में भी बच्चों और अध्यापकों द्वारा नियमित रूप से

वृक्षारोपण के कार्यक्रम चलाये जा रहे हैं।"

वक्ता का वक्तव्य समाप्त हो गया था लेकिन समीर अपने फार्म की हरियाली के ख़याल से उबर नहीं पाया था।

दस

सैन फ्रांसिस्को अमेरिका के सबसे खूबसूरत शहरों में गिना जाता है। इसे "सिटी बाय द बे" भी कहते हैं। यह शहर अपने प्रमुख स्थलों, सांस्कृतिक आकर्षण और अलंकृत घरों के साथ रेखांकित सड़कों के लिए मशहूर है। यह कैलीफोर्निया राज्य के अधीन है। लगभग 11 डिग्री सेल्सियस इसका तापमान रहता है। यहाँ का गोल्डन गेट ब्रिज पूरे विश्व में मशहूर है। अल्केट्राज आइलैंड, म्यूजियम ऑफ़ मार्डन आर्ट, गोल्डन गेट पार्क, विज्ञान संग्रहालय, आदि जगहों पर पर्यटकों की भीड़ रहा करती है। अंग्रेज कवि जोर्ज स्टर्लिंग ने इसके बारे में कहा था, "प्यार का शांत ग्रे शहर।" यहाँ के होटल और क्लब आलीशान हैं। ओलम्पिक क्लब, बोहेमेनियम क्लब और पैसफिक यूनियन क्लब तो मानो रात में सोते ही नहीं हैं।

समीर और पुष्पा का वीकेंड इन्हीं जगहों पर हिरन युगल के सामान कुलांचे मार रहा था। तो इधर नरेंदर और मीरा एक दूसरे के निकट आने के लिए बेताब थे। यूनिवर्सिटी की मेल मुलाकातों से पेट नहीं भर रहा था इसलिए शहर के बाज़ारों और माल्स में वे घूमते थे। समाज में अब युवा लड़के या लड़कियों के मेलजोल पर लगा प्रतिबन्ध ढीला पड़ता जा रहा था। हाँ कभी-कभार कुछ संगठन अपनी नेतागिरी चमकाने और वसूली के लिए पार्कों और बाज़ारों में हुडदंगई किया करते थे।

उधर मीरा एक तीर से दो निशाने लगाने में पारंगत हो रही थी। उसे पुरुष साहचर्य का भी कमोबेस सुख मिल रहा था और बी.एड की पढ़ाई में पूरा योगदान भी। बात - बात में मीरा को पता चल गया था कि नरेन्दर की पत्नी अनपढ़ और गंवार थी , बचपन में ही उनके गले में बाँध दी गई थी

इसलिए वे उसका किसी तरह निर्वाह कर रहे थे।

उस दौर के युवाओं में, उनके व्यक्तित्व में खूब परिवर्तन आ चुके थे। लड़का हो या लड़की तकनीकी सहयोग से एक से अधिक कार्य क्षेत्रों में बखूबी काम करने लगे थे। वर्किंग वूमेन अब पहले जैसी नहीं रह गई थीं। उनके हाथ में आधुनिक फोन, महंगे उपकरण, नई से नई तकनालाजी थी। यह दौर लम्बे दौर से चल रहा है और शायद आगे भी चलता रहेगा। लेकिन जो पीछे छूटता जा रहा है उसकी भला किसी को चिंता थी?क्या पारिवारिक संस्कार, व्यवहार, मान मर्यादाओं का पालन हो रहा था? आधुनिक बनने के चक्कर में क्या नैतिकता की आबरू बच पाई? नहीं, कतई नहीं।और सेक्स? सेक्स तो अब आम बात हो चली थी। औरतों के पास वे सारे साधन आ चुके थे जिससे वे गर्भ धारण से बच जाएँ। और अगर किसी धोखे में कुछ गड़बड़ हो भी गया तो एबार्शन भी तो अब बाएं हाथ का खेल हो चला था!

अब मिसेज अग्रवाल को ही देख लीजिए। युवावस्था से जो आलतू फ़ालतू खान पान की लत पड़ गई वह आज तक नहीं छूटी। उनके घर में क्या क्या नहीं है? आरामतलबी के सभी साधन। फास्ट फूड अब उनके घर तक एक फोन काल पर पहुँचने लगा था। जोमैटो जिंदाबाद!..लेकिन उनका हश्र यह है कि फूल कर कुप्पा हो गई हैं। उनका ही नहीं आगे चलकर यह हर उन लोगों का हश्र होना है जो फास्ट फूड और ड्रिंक का सेवन कर रहे हैं।

मीरा के मायके भागलपुर में उन दिनों पाठ्यपुस्तकों की दुकानें कम हुआ करती थीं। वह दौर आधुनिक तकनालाजी का नहीं था और पढ़ने वालों को पुस्तकों का ही सहारा हुआ करता था। बी.एड. की एक आवश्यक पुस्तक मीरा को जब नहीं मिल रही थी तो नरेंदर ने उसे लेने के लिए पटना जाने का प्लान बनाया। साथ तो मीरा भी जाना चाहती थीं लेकिन ऐन टाइम पर उसे कुछ स्त्रीजनक परेशानी हो गई जिससे वह जा नहीं सकी। नरेंदर निराश तो हुए .... लेकिन वे अपनी निष्ठा पर आंच नहीं आने देना चाहते थे। घर से टैक्सी

बुलवाए और उसमें बैठने को हुए कि उन्हें टैक्सी चालाक कोई जान पहचान जैसा दिखा।हतप्रभ होकर बोल उठे; "मनोहर तुम?"

"ज... ज्जी ..मैं ... मनोहर लाल!" टैक्सी ड्राइवर ने उत्तर दिया। लेकिन वह प्रश्न दागने वाले सज्जन को पहचान नहीं सका।

"अरे, भाई मैं ...नरेंदर ...हाँ हाँ वही तुम्हारे बचपन का दोस्त।" नरेंदर ने अपना पूरा परिचय एक सांस में दे डाला।

"ओह! नरेंदर!अब देखो ना मैं कितना बेसुध हूँ कि तुम्हें ही नहीं पहचान पाया! " उसने अफ़सोस जताते हुए कहा।

"अच्छा चलो , अब रास्ते भर में तुम बचपन से आज तक की अपनी राम कहानी सुना डालो।" गाड़ी में बैठते हुए नरेंदर ने कहा।

गाड़ी अब सड़क पर फर्राटा भर रही थी। रास्ते में मनोहर ने अपने बचपन से अब तक की दास्ताँ सुना डाली। उसने बताया कि किस तरह से उसके पिताजी की एक दुर्घटना में मृत्यु हो गई थी और उसकी वज़ह से उसकी इंटर के बाद पढाई छूट गई थी। उसने अपने बैंक ऑफिसर मामा से कर्ज़ लेकर एक टैक्सी खरीदी थी और उसी के बल पर उसने अपनी छोटी बहन की शादी की और अब माँ के दवा दारू और गाड़ी की किश्तें भरते भरते उसका जीवन हवन हो रहा था।

नरेंदर उसकी आप बीती सुनकर दुखी हो गए।उनको अब यह चिंता सताने लगी कि वह किस प्रकार अपने इस पुराने मित्र की मदद कर सकें। पटना अब बस कुछ ही दूर रह गया था और एक ढाबे पर दोनों ने बैठकर लंच लिया। घंटों बातचीत होती रही। नरेंदर ने मनोहर को गाड़ी चलते हुए यह नोटिस किया था कि वह बढ़िया स्पीड में गाड़ी चलाता रहा है और उसकी गाड़ी पर अच्छी पकड़ भी बनी रही थी। उसे याद आया कि उनका एक दोस्त विशाल है जिसने ग्रेटर नोयडा में पहली बार फार्मूला वन रेस जिसे इंडियन

ग्रैंड प्रिक्स के नाम से जाना जाता है आयोजित की थी।यह सर्किट 5.125 किमी लम्बा था और इसे जर्मन वास्तुकार हर्मन टिलके ने डिजाइन किया था।

बस, अब नरेंदर मनोहर को अपने दोस्त विशाल के पास भेजने को तत्पर है क्योंकि विशाल ने फोन पर हामी भी भर दी है कि वह मनोहर को फार्मूला वन कार रेस में सफलता दिलाने के लिए जी जान भी लगा देगा ...रेस में सफलता पाने का मतलब है पैसा और शोहरत! वह अवश्य ऐसा करके रहेगा आखिर उसे भी तो अपना मित्र धर्म निभाना है!

ज़िंदगी गणित है जहाँ मित्र जोड़े जाते हैं, दुश्मन घटाए जाते हैं, दु:ख का भाग किया जाता है और खुशियों का गुणन होता है।एक समय था जब मन्त्र काम करते थे, उसके बाद एक समय आया जिसमें तन्त्र काम करने लग फिर समय आया जिसमें न मन्त्र, न तन्त्र बल्कि यंत्र काम करने लगे है। लेकिन इन सभी दौर में षड्यंत्र भी अपनी अपनी महत्वपूर्ण भूमिका निभाते रहे। स्थिति यह हो चली है कि जब तक सत्य घर से बाहर निकलता है तब तक झूठ आधी दुनियां घूम लेता है। आज की दुनिया इसी पर टिकी हुई है और इसीलिए, इसीलिए आज के दौर का आदमी टूटता रहता है ..दयार उजड़ते जा रहे हैं ...... सामाजिक मूल्यों का स्खलन बढ़ने लगा है और लोग शार्टकट से सफलता की ऊंची ऊंची छलांगे लगाने लगे हैं। समीर और मीरा भी इसके अपवाद नहीं।

समीर की अपनी दुनिया थी और मीरा की अपनी। समीर को पुष्पा मिल गई थी और मीरा को नरेन्दर......... नरेन्दर श्रीवास्तव। ऐसा लग रहा था कि ऊपर वाले ने इन दोनों को 'मेड फार ईच अदर' बनाया है और कुछ तकनीकी भूल के चलते यह जोड़ी बिछड़ गई हो!..तो क्या इस भूल का सुधार मैनुअल तरीके से सम्भव है? शायद हाँ ...और शायद नहीं। यह तो समय ही बता सकेगा। वैसे कहा गया है ना कि 'नथिंग इज इम्पासिबिल'।

रीयल लाइफ हो या रील लाइफ, कल्पना हो या यथार्थ परिदृश्य में नायक या नायिका होती हैं, खल नायक या खलनायिकाएं होती हैं अच्छे-बुरे लोग और परिस्थितियाँ होती हैं, पात्र होते हैं सुपात्र और कुपात्र भी होते हैं और जैसा बताया जा चुका है ज़िंदगी का गणित इन्हीं में उलझता सुलझता अपना दि एंड कर लेता है। समीर, उसके पिताजी, शर्मा जी, घरेलू नौकर बिनोद, प्रेम, गुलाब, बच्चू, सर्वेश, धीरा, मीरा, पुष्पा, नरेन्दर, राहुल, सुशील, मनोहर या विशाल किसी की भी ज़िंदगी इन गलियारों से हुए बिना आगे नहीं बढ़ सकती है।

लेकिन मानो इस युगल के अपने-अपने दयार के बनने से पहले ही उसके उजड़ने की दास्ताँ लिखी जा चुकी थी। मीरा के जीवन में नरेन्दर तो समीर के जीवन में पुष्पा अपनी-अपनी भूमिका सच्ची भावना के साथ निभाते जा रहे थे। नरेन्दर स्त्री की दैहिक सुन्दरता का पारखी और चाहक था और उसे उम्मीद थी कि एक न एक दिन वह मीरा से वासनात्मक योगदान पा ही लेगा। कुछ इन्वेस्टमेंट थोड़ी देर में बड़ी रकम दे जाते हैं इसलिए इन्वेस्ट करने के लिए पारखी नज़र का होना आवश्यक है। इस नज़र का मालिक था नरेंदर। उधर समीर को स्त्रियों से मेलजोल का मतलब था निकटता और वह यही चाहता था कि जिस स्त्री से उसका सम्पर्क हो वह उसकी किचन से बेडरूम तक की हर जरूरत पूरी कर दे ..बिना किसी चूँ-चपड़ किये।यह हो पाना असम्भव था ......यह नहीं कहा जा सकता। कम से कम पुष्पा और समीर के मामले में!

जंगल, ज़मीन और ज़िन्दगी का भी अजीब रिश्ता है। एक ओर जंगल कटते जा रहे हैं और उस पर निर्भर जीव जन्तु यहाँ तक कि इंसान भी इस दौर से विवश है वहीं दूसरी ओर ज़मीन भी अपनी उर्वरता खोती जा रही है। अपने देश की धरती अब सोना नहीं प्लास्टिक उगल रही है। रही ज़िन्दगी... तो उसके बारे में तो कुछ मत कहलवाइये... आपसे ज्यादा कौन जानता है! प्रकृति को छेड़कर अपने स्वार्थ के लिए वृक्षों को काटकर आप अपना ही नुकसान कर

रहे हैं। बेचारे जंगल के जानवर तो दर दर भटक रहे हैं।

समीर का अमेरिका प्रवास अब खत्म होने को आ रहा था। वह इस भरपूर कोशिश में था कि उसका प्रोजेक्ट और ज्यादा खिंचे जिससे वह अपनी गर्ल फ्रेंड पुष्पा के साथ कुछ महीनों की उन्मुक्त ज़िंदगी जी सके। उधर मीरा का भी बी.एड. का इम्तहान होने वाला था। इम्तहान होते ही उसकी योजना अपने नीड़ में लौटने की थी। उसे भी अब नरेन्दर का साहचर्य अच्छा, बहुत अच्छा लगने लगा था। एक शाम तो प्रैक्टिकल वाले दिन वह और नरेन्दर आपस में बातें करते करते आलिंगनबद्ध हो गए। पुष्पा का तन-मन रोमांचित हो उठा। उसने इस 'छुअन' का एक अलग ही अनुभव किया। ऐसी 'छुअन' जिससे शरीर रूपी सितार के तार झनझना उठे हों!.. और आलिंगन में तो वह मन्त्रमुग्धता की अवस्था में आ गई। उसे नरेन्दर के साथ जल्दी से जल्दी हमबिस्तर होने की तलब लग गई। क्या यह सुयोग उनके जीवन में आ सकेगा? तो क्या जानबूझ कर मीरा समीर की सेक्स की प्यास नहीं बुझा रही थी?

ग्यारह

बचपन, जवानी और बुढ़ापे के क्रम को विज्ञान भी नहीं रोक पाया है। यह एक प्रकृति जनक प्रक्रिया है। वे, हम, आप, मीरा या समीर......... हर एक को इस दौर से गुजरना ही है। बचपन पीछे छूटने लगता है तब तो यौवन की ख़ुमार में उतना दुख नहीं महसूस होता है लेकिन जब जवानी उतरने लगती है तो जाने क्यों ऐसा लगने लगता है कि अब अपना अस्तित्व ही ढलने लगा है। कवि मित्र कुमार रवींद्र ठीक ही लिखते हैं...........

"साधो, सच है, जैसे मानुष वैसे ही धीरे-धीरे हर मकान भी बूढ़ा होता।

देह घरों की थक जाती है, बस जाता भीतर अँधियारा।

उसके हिरदय नेह-सिंधु जो, वह भी हो जाता है खारा।

घर में, जो देवा बसता है, घर को मथ कर ज़हर बिलोता,

थकी-बुढ़ाई हो जाती हैं.. चौखट-दीवारें भी घर की..साँसें जो मधुमास हुई थीं..

बाट जोहती हैं पतझर की। किसी अँधेरे, कोने में छिप कर.. घर का पुरखा है रोता।"

उन्होंने आगे लिखा है ....

"कल्पवृक्ष जो था आँगन में,

उस पर अमरबेल चढ़ जाती..

बीते हुए समय का लेखा, लिखती बुझे दिये की बाती।

कालपुरुष तब, ढली धूप के बीज,........ खंडहर-घर में बोता!"

सचमुच कितनी हृदयग्राही हैं ये पंक्तियाँ! जीवन के कुछ सच से आप छुटकारा नहीं पा सकते ठीक उसी तरह जैसे समीर अपनी ज़िंदगी में ब्याह कर लाई गई मीरा के अस्तित्व को नकार नहीं सकता है। उसने सिंदूर दान किया है, उसकी देखरेख करने का संकल्प लिया है। इस समारोह के लिए पढ़े गए मन्त्र, अग्नि के समक्ष लिए गए फेरे, समूचा विवाह मंडप और वहाँ उपस्थित जन समुदाय ..सभी तो गवाह हैं। अब आगे चल कर आपके जीवन में आपके कल्पवृक्ष पर अगर अमर बेल चढ़ती जा रही है तो उससे तो बचने का रास्ता आप को ही तय करना होगा?

"मुझे...!" अचकचा कर वह अपने आप से प्रश्न पूछता है।

"हाँ..हाँ तुम्हें समीर ..समीर तुम्हें!" उसे प्रति उत्तर मिला।

"याद करो, विवाह मंडप में फेरे लेते समय अर्थात सप्तपदी के उन वचनो को ... . आपको वरमाला पहनाने वाली कन्या अपने अंतिम वचन के रूप में आपसे वचन माँगती है कि आप पराई स्त्रियों को माता के समान समझेंगे और पति-पत्नी के आपसी प्रेम के मध्य अन्य किसी को भागीदार न बनाएंगे। यदि आप यह वचन मुझे दें तो ही मैं आपके वामाँग में आना स्वीकार करती हूँ।"

जैसे लम्बी बेहोशी से समीर जगा हो। वह जगा भी तब है जब प्रदूषित खानपान और जीवन चर्या ने उसे बीमार बना डाला है। अलकोहल, माँसाहारी व्यंजन और फास्ट फूड ने उसकी सेहत को बुरी तरह से प्रभावित कर दिया है। उसने रही सही कसर पर स्त्री गमन को लेकर पूरी कर डाली थी.. उस कामपिपासुनी ने समीर को हाड़ माँस का पुतला मात्र बनाकर छोड़ डाला था।

समीर के भारत वापसी का दिन निकट आ रहा था वह विचलित था कि एक बार फिर मीरा के साथ घर गृहस्थी, झगड़ा-लड़ाई, का सिलसिला शुरू

होगा। उसके तनावपूर्ण जीवन को जो इन एक साल में राहत मिली हुई थी उसी में अब फिर से जाना होगा।

उस दिन वीकेंड था। पुष्पा की तबीयत कुछ ठीक नहीं थी इसलिए समीर अकेले ही गाड़ी लेकर लंच के बाद बाटेनिकल गार्डेन घास के मैदान की ओर निकल गया ....दूर से ही सूत्रो टावर दिखाई दे रहा था ...लेकिन उसका गन्तव्य गोल्डन गेट पार्क में मानव निर्मित सबसे बड़ी झील स्टोव झील था जहाँ उसे नांव लेकर घूमना था।

नांव मिल गई और वह उसमें सवार होकर कभी मंद तो कभी तेज़ गति से बह रही हवाओं के साथ सैर करने लगा। उसे आज ना जाने क्यों अपना यह अकेलापन अच्छा लग रहा था। क्या उसे पुष्पा से, उसके सौन्दर्य से, उसकी मादकता से विरक्ति हो चली है? ...वह सोचने लगा।

मनुष्य का दिमाग शांत और स्थिर रहे तो वह कुछ न कुछ अच्छी बातें सोचता रहता है। अपने कैरियर के बारे में, अपने परिवार के बारे में, अपने समाज और देश के बारे में। जानवर और मनुष्य में यही तो अन्तर है कि जानवर सिर्फ अपने पेट के लिए जीता है और इंसान सिर्फ पेट या अपनी इच्छापूर्ति के लिए ही नहीं बल्कि अपने परिजन, अपने समाज और देश के लिए भी सोचता या करता रहता है। राष्ट्रकवि मैथिली शरण गुप्त ने क्या खूब लिखा है -

"विचार लो कि मर्त्य हो, न मृत्यु से डरो कभी, मरो परन्तु यों मरो कि याद जो करें सभी। हुई न यों सु मृत्यु तो वृथा मरे वृथा जिए, नहीं वहीं कि जो जिया न आपके लिए। यही पशु प्रवृत्ति है कि आप आप ही चरे, वही मनुष्य है कि जो मनुष्य के लिए मरे!" सचमुच एकता, सहानुभूति, सद्भाव, उदारता और करुणा ही तो मनुष्यता है।

उसकी नाव किनारे लगी ही थी कि उसे गेरुआ रंग का आपाद मस्तक वस्त्र पहने एक सन्यासी मिल गए। मानो वे उसका ही इंतज़ार कर रहे थे।

"आओ वत्स! मैं तुम्हारे ही इंतज़ार में यहाँ घंटों से खड़ा हूँ!" उस अपरिचित साधू ने उनको सम्बोधित करते हुए कहा।

समीर चौंक गया और बोला, "महाराज जी क्या आप मुझे जानते हैं?"

"हाँ-हाँ वत्स! मैं तुम्हारे लिए ही भेजा गया हूँ! मेरे गुरुदेव ने सकारण मुझे तुम्हारे पास भेजा है .." वह थोड़ा रुकते हुए फिर बोले, "अरे, तुम यहीं खड़े-खड़े बात करोगे कि कहीं हमलोग बैठ कर बातें करें?"

"ज... जी महाराज!" समीर बोला।

समीर का मन बेचैन था ..वह अब थक चुका था और चाहता भी यही था कि उसके जीवन में अशांति के जो कारक तत्व जुड़ गए हैं उनसे वह मुक्त हो सके। उसने बचपन में "खुल जा सिमसिम" की कहानी सुनी थी। कैसे एक जादुई चिराग रगड़ने पर जिन्न निकलता है और अपने आका की सभी इच्छाएँ पूरी करके गायब हो जाया करता था।

समीर चुम्बक की तरह उस अपरिचित साधू से संवाद करने में व्यस्त हो गया था। क्या उसकी अपनी मनोवांछित कामना की पूर्ति हो जायेगी?

बारह

मीरा और श्रीवास्तव एक दूसरे के काफी निकट आ गये थे। लेकिन दिक्कत दोनों को थी। दोनों का एक होना तब तक नामुमकिन था जब तक वे अपने पति या पत्नी को कानूनन तलाक न दे दें। कानून ने हिन्दू विवाह अधिनियम में तलाक को इतना जटिल बना दिया है कि तलाक फाइनल होने में बरसों लग जाते हैं। हाँ, मुस्लिम परम्परा इससे एकदम अलग और फटाफट है। पति या पत्नी ने फटाफट तीन बार तलाक़, तलाक़, तलाक़ बोला कि बस तलाक़ हो गया!

सुना जाता है कि कुछ धर्म, कुछ सम्प्रदाय यह विश्वास करते हैं कि एक दिन क़्यामत का आएगा और कब्रिस्तान में सो रही आत्माएं जीवित होकर पुनः नया जीवन पा जाएंगी। लेकिन पिछली अनेक पीढ़ियों का यह विश्वास फिलहाल सौ दो सौ साल में तो फलीभूत नहीं हो पाया है। यह भी तो हो सकता है कि यह ख़याली पुलाव मात्र हो।

समीर उस शाम उन सन्यासी से मिलकर बहुत हल्का महसूस करता रहा। सन्यासी ने उसको थोड़ी ही देर में उसकी वर्तमान स्थिति को मानो एक एक करके पढ़ लिया था। उन्होंने उसे यह भी बताया था कि उसके गुरुदेव त्रिकालदर्शी हैं। वर्तमान, भूत और भविष्य बताना उनके लिए चुटकी भर का खेल है। लेकिन उनका दर्शन पाना टेढ़ी खीर है। समीर को इसके लिए पहले यम और नियम का सख्त पालन करना होगा। यम नियम अर्थात सत्य, अहिंसा, अस्तेय, ब्रम्हचर्य, अपरिग्रह, शौच, संतोष, शाकाहार आदि। सब तो संभव था लेकिन शाकाहार और ब्रम्हचर्य का अनुशीलन लगभग असंभव। काम, क्रोध, मद,लोभ से भला कोई बच पाया है? लेकिन उसने चुप रहकर

उस अप्रत्याशित रुप से प्रगट हुए संयासी की बातें ग्रहण कर लीं।

घंटाघर की घड़ी ने रात के नौ बजने की सूचना दी तो दोनों वहाँ से अपने अपने गंतव्य स्थल चल दिये इस समझौते के साथ कि सन्यासी जी कल सुबह समीर को अपने क्रियायोग की साधना पद्धति बताएंगे और अगर संभव हुआ तो दीक्षा भी देंगे।

तो क्या सचमुच समीर का हृदय परिवर्तन होने जा रहा है? या वह निरा सपना देख रहा है?

दुनिया में शायद ही कोई ऐसा हो जो सपने न देखता हो। हर कोई सपना देखता है। हम कई बार इन सपनों का मजाक उड़ा देते हैं लेकिन इन सपनों के पीछे हर बार कोई ना कोई सन्देश जरूर छुपा हुआ होता है।

हम अक्सर सपनों में वही देखते हैं जिसकी इच्छा हमें होती है। आप खुद ही सोचें, हम अक्सर उन्हीं चीज़ों को सपने में क्यों देखते हैं जिनके बारे में हम अक्सर सोचते हैं या फिर उस चीज़ को पाने की इच्छा हमारे अंदर होती है?

समीर का सोचना है कि हर सपने का अपना एक अलग स्थान है। जो सपने हम सुबह होने से पहले देखते हैं, अर्थात ब्रह्म मुहूर्त में देखते हैं उनका फल हमें दस दिनों के अंदर मिल जाता है। वहीं रात के पहले पहर में देखे गए सपने का फल एक साल बाद, दूसरे पहर में देखे सपने का फल छह महीने बाद, तीसरे पहर में देखे सपने का फल तीन महीने बाद और आखिरी पहर के सपने का फल एक महीने में सामने आता है। ऐसा उसने किसी पुस्तक में पढ़ा था।

समीर ने एक दिन ऐसे ही सपने को देखा। उसनें देखा कि आसमान से इन्द्रधनुष निकला है और उसी के साथ अवतरित हुआ है एक दिव्य पुरुष! वह अपनी बाहें फैलाए समीर को अपनी ओर बुला रहा है। वह मंत्रमुग्ध होकर उसकी बाहों में चला जा रहा है!

उधर एक और दिन उसे भोर में यह सपना आया कि एक परीनुमा दूसरे

ग्रह से उतरी युवती उसे आमंत्रित कर रही है कि आओ मैं तुम्हें इस सांसारिक भूलभुलैया से निकाल कर जन्नत की सैर कराऊंगी... आओ... आ भी जाओ! इन सपनों का वैसे तो कोई वज़ूद नहीं लगता लेकिन मन में जो उमड़-घुमड़ रहा है उसी का यह प्रति फलन हो सकता है। समीर उस चौराहे पर खड़ा है जहाँ से अलग अलग दिशाओं में रास्ते निकल रहे हैं। वह कौन सी राह चुने जिस पर चलकर उसका शेष जीवन अमन चैन से गुजर सके। क्या आप बता सकते हैं?

तेरह

कुछ लोगों के जीवन में घर बनने के पहले ही उसके उजड़ने की प्रस्तावना लिखी होती है। वह स्वयं नहीं बल्कि उसका काल खंड लिखता है। आप लाख कोशिश कर लें विधना के लेख को कौन मिटा सकता है?

समीर अब भौतिकता से ऊबकर सुखद गृहस्थी का सपना देख रहा है लेकिन उसकी बेटर हाफ़..? बेटर हाफ़ अपने प्रेमी के साथ घर बसाने का ख़्वाब बुनती जा रही है।

आपने औरतों को स्वेटर बुनते देखा है? हमारी पीढ़ी के लोगों ने अवश्य देखा होगा। हमने तो बचपन में ऊन के धागों का गोला भी बनाया है, उसे ढुलका कर बिखेरे भी हैं और फिर डांट खाकर उसे गोला का रुप भी दे दिया है। उसी दौर में सुना करते थे कि 'क्या करूं मैंने तो काफ़ी कुछ स्वेटर बना लिए थे लेकिन घर ही गिर गया.'.. यानी पूरी बुनाई फिर से! अब तो नई पीढ़ी के लोगों में वह रुचि रही ही नहीं इसलिए यह उदाहरण भी देना व्यर्थ लग रहा है...।

पुष्पा को इस बात की आहट लग चुकी थी कि समीर अब उससे ऊब चुका है और वह इंडिया जाते ही अपने नीड़ में वापस लौट जाएगा। उसे चिंता थी कि उसका क्या होगा?

उधर समीर ने अध्यात्म की शरण ले ली थी। अब वह अपने बीते जीवन को भुला देना चाहता था। लेकिन क्या यह काम इतना आसान था? उसने उन सन्यासी से दीक्षा भी ले ली थी। जब वह पदमासन में बैठकर ध्यान लगाने की कोशिश करता उसे उसका अतीत शर्मिंदा करता रहता।

प्राचीन काल में अपने किसी पाप का प्रायश्चित करने के लिए देवता,

मनुष्य या भगवान अपने अपने तरीके से प्रायश्चित करते थे। जैसे त्रेता युग में भगवान राम ने रावण का वध किया, जो सभी वेद शास्त्रों का ज्ञाता होने के साथ-साथ ब्राह्मण भी था। इस कारण उन्हें ब्रह्महत्या का दोष लगा था। इसके उपरांत उन्होंने कपाल मोचन तीर्थ में स्नान और तप किया था जिसके चलते उन्होंने ब्रह्महत्या दोष से मुक्ति पाई थी। इसी तरह और तमाम तरीके हैं जिनसे आप अपने पूर्व कर्मों के लिए प्रायश्चित कर सकते हैं।

जब उसने एक दिन इसी प्रश्न को उन स्वामी जी से पूछा था तो उन्होंने एक उदाहरण देकर उसके मन को दिलासा दिलाया! उन्होंने कहा कि जब बच्चे गंदा कर देते हैं, यहाँ तक कि उनकी गोद में मल-मूत्र तक त्याग देते हैं तो क्या उनकी माताएं उन्हें फेंक देती हैं? .. नहीं.. वे उन्हें नहला-धुला कर फिर से गोद में लेकर अपना प्यार बरसाने लगती हैं। परमात्मा भी अपने बच्चों को उन्हीं माताओं की तरह कभी भी अपने से दूर नहीं करते हैं... कभी भी नहीं... वे पापियों के पापों का नाश करते हैं, हरण करते हैं।

उधर पुष्पा का मन बचपन से स्पाइडर मैन की तरह कुलांचे भरने का करता रहा है। वह शील मर्यादा के घेरे को तोड़-छोड़कर एक नई दुनिया बसाने की ओर अग्रसर है। क्या समीर की घर वापसी हो सकेगी? क्या मीरा उसके घर की नायिका बनेगी या वह खलनायिका बन कर उसका जीवन वीरान कर डालेगी?

चौदह

पुष्पा चाहती है कि उसका यौवन ढलने ना पाये क्योंकि वह फ्री सेक्स में विश्वास रखती थी। वैसे भी इधर कुछ दिनों से वह समीर के सानिध्य में एकरसता महसूस करने लगी थी। किसी दौर में समीर हम बिस्तर के समय "फोरप्ले" का अच्छा खिलाड़ी हुआ करता था...मानो उसे अपोजिट सेक्स को उकसाने में महारत हासिल थी। लेकिन इधर वह धीरे-धीरे शिथिल पड़ता जा रहा था। ड्रिंक और ड्रग्स की दुनिया को भी बाय-बाय कर चुका था। शाकाहारी होने का भी उसे भूत सवार हो गया था। ऐसे में क्या मूली गाजर खानेवाले शख़्स से कामदेव का रुप धरने की उम्मीद की जा सकती थी...कतई नहीं। ....ऐसा था पुष्पा के मन का विश्वास!

फिर उसने निश्चित किया कि वह भी अब वीक डेज़ में समीर की जगह किसी और हैंडसम युवा को इंगेज करेगी। अपने चाहने वालों के साथ जुड़ी रहने के लिए सोशल मीडिया पर भी अब वह खूब एक्टिव रहने लगी। ऑफिस में अपने प्रोजेक्ट्स के अलावा इंस्टाग्राम पोस्ट के कारण भी वह चर्चा में रहने लगी थी।

सचमुच, इस बार उसके अरमान बुलंदी पर थे। "बाई हुक आर बाई किक आई विल एक्सप्लोर माय फीगर एंड सेक्स...." बड़े आत्म- विश्वास से वह अपने आपको दिलासा देती थी। कुछ किस्मत भी उसकी ऐसी थी कि उसे ऊपरवाले का रहमोकरम मिला हुआ था।

इस बार उसका शिकार हुआ ऐक अमेरिकी नौजवान जिसने अपने एक म्यूजिक वीडियो में पुष्पा के हुस्न के ख़ूब-ख़ूब जलवे बिखेरे...कुछ जरूरत से ज्यादा ही और ...उस वीडियो का हिस्सा बनने के बाद से ही पुष्पा अब

लगातार चर्चा में रहने लगी। वह अपने प्रोजेक्ट्स से ज्यादा हमेशा ही अपनी हॉटनेस की वजह से सुर्खियां बटोर लिया करने लगी। उसके ऑफिस के लोगों को लगने लगा कि अब वापसी में वह टीम का हिस्सा न बन कर वहीं सैटिल हो जाएगी। उसके प्रति दीवानगी की हद तो यह हो चली थी कि टीम लीडर अब उसके हिस्से का भी काम ख़ुद निपटा दिया करते थे। वीकेंड पर क्लबों के फैंस उसकी एक झलक के लिए बेताब रहने लगे। अब वह अपने आपको एक्ट्रेस समझने लगी थी और ऐसे में वह भी अपने चाहने वालों के साथ सोशल मीडिया के जरिए जुड़ी रहने लगी। ऐसे में अक्सर उसका स्टाइलिश और बोल्ड लुक देखने को मिलता रहता। ... बोल्ड एंड ब्यूटीफुल!

म्यूजिक वीडियो के प्रोमोशन के लिए जारी फोटोज में पुष्पा को पिंक और ब्लू शिमरी बॉडीकॉन थाई-हाई स्लिट गाउन पहने जब देखा गया तो तहलका मच गया। इस लुक को कंप्लीट करने के लिए उसने ड्रेस से मैच करता हुआ मेकअप किया था और बालों को ओपन ही छोड़ रखा था। जाहिर है, वीडियो लांचिंग के दौरान पुष्पा अपने फिगर फ्लॉन्ट कर अलग- अलग पोज दे रही थी जिन पर फैंस मरे मिटे जा रहे थे।

लेकिन इसी बीच पूरी दुनिया में एक रहस्यमय बीमारी फैलने की सूचना मिली। यह संक्रामक बीमारी चीन से निकली और पूरी दुनिया में छा गई। इसे कोविड -19 या कोरोना कहा गया। इंसान के शरीर में पहुँचने के बाद कोरोना वायरस उसके फेफड़ों में संक्रमण करने लगा। इस कारण सबसे पहले बुख़ार, उसके बाद सूखी खांसी आती थी। बाद में सांस लेने में समस्या होने लगती। वायरस के संक्रमण के लक्षण दिखने शुरू होने में औसतन पाँच दिन लगते थे हालांकि वैज्ञानिकों का कहना था कि कुछ लोगों में इसके लक्षण बहुत बाद में भी देखने को मिले। विश्व स्वास्थ्य संगठन (डब्ल्यूएचओ) के अनुसार वायरस के शरीर में पहुँचने और लक्षण दिखने के बीच 14 दिनों तक का समय हो सकता है...हालांकि कुछ शोधकर्ता मानने लगे कि ये समय 24

दिनों तक का भी हो सकता था। वैज्ञानिकों के अनुसार कोरोना वायरस उन लोगों के शरीर से अधिक फैला जिनमें इसके संक्रमण के लक्षण दिखाई दिए। लेकिन कई मामलों में ऐसा भी हुआ कि व्यक्ति को बीमार करने से पहले ही यह वायरस फैल गया। अजीब बात यह कि इस बीमारी के शुरुआती लक्षण सर्दी और फ्लू जैसे ही होते थे जिससे कोई आसानी से भ्रमित हुआ जाने लगा और यही पूरे विश्व में तबाही की वजह बनी। लगभग हर देश लाक डाउन अपनाने लगा। फ्लाइटें निरस्त होने लगीं। लगभग अफरातफरी मच गई।

समीर की टीम के भारत वापसी की योजना ठंढे बस्ते में फिलहाल चली गई थी। अब सभी कोरोना से बचाव के लिए उद्यत थे।

पन्द्रह

हमारा और आपका जीवन बहुत निर्ममता से अपनी योजनाओं को मूर्त रुप देता रहता है। आप उसे स्वीकार करें, अस्वीकार करें, खुश होकर स्वागत करें या दहाड़ें मार कर अस्वीकार करने की कोशिश कर लें।

अब मिसेज दीक्षित का ही उदाहरण ले लें। उन्हें एक ही बेटा था कर्नल शिवांग.. बहुत लाड़ दुलार से पाली-पोसीं और बड़ा की थीं। शिवांग हृष्ट पुष्ट था.. सम्मोहक व्यक्तित्व का धनी भी। जाने क्या सनक सवार हुई कि वह इंटर करते ही आर्मी में कमीशंड आफिसर बनने चला गया। जैसे-तैसे ट्रेनिंग समाप्त हुई और नार्थ ईस्ट में उसकी पोस्टिंग हो गई। यहाँ तक तो इस परिवार का जीवन लहलहाती फसलों के समान था लेकिन शनि और राहु की ऐसी वक्र दृष्टि लगी कि... कि कुछ नागा विद्रोहियों के आक्रमण में वह चार-पांच सैनिकों के साथ शहीद हो गया! बंजर हो गया उसके परिजनों का जीवन... आज तक उस सदमे से उबर नहीं पाये हैं उसके परिजन।.....तो यह है अदभुत और असंभावित घटनाओं से हतप्रभ कर देनेवाला जीवन। ....ख़ैर! अब छोड़िए इस इति कथा के दुखद प्रसंग को और बढ़ा जाय अपनी मूल कथा और उसके रोचक रहस्यमय किरदारों की ओर।

पूरा विश्व कोरोना संक्रमण से गुजर रहा था और सारी फ्लाइटें कैंसिल हो चुकी थीं। लाकडाउन ने हर घर, हर आदमी और हर देश को झकझोर दिया था। लेकिन इंसान के पेट में, और पुष्पा के लिए शरीर यानी समझ ही गये होंगे सेक्स, की आग तो लगी ही हुई थी... सवाल यह था वह कैसे बुझे? पुष्पा ने तो बहुत चालाकी से इन दोनों के लिए राह निकाल ली। वह अब अपने नये लिव इन पार्टनर के घर रहने लगी थी। यहाँ उसे दोनों सुख मिलने लगे। तो क्या इतने

संक्रमण काल में भी पुष्पा सेक्स के बगैर जी नहीं सकती?

बताते हैं कि अगर कोई व्यक्ति अपनी सेक्स की लत पर नियंत्रण नहीं रख पाता है और इससे वह अपने पर्सनल और सामाजिक जीवन पर असर डालता जा रहा है, तो इसे "कंपल्सिव सेक्सुअल बिहेवियर डिसऑर्डर" माना जाता है। वह व्यक्ति जो सेक्स के बिना नहीं रह पाता यह काफी खतरनाक हो सकता है। इसे ही सेक्स की लत का नाम दिया गया है।

आपने यह भी सुना होगा कि अगर किसी को मास्टरबेशन की लत लग जाती है तो यह भी बहुत खराब हो सकता है। ऐसा ही सेक्स के साथ भी है।

अगर कोई व्यक्ति सेक्स के बिना रह नहीं पाता है तो यह एक तरह का मानसिक विकार ही तो है! हालांकि, सेक्स की लत पर कुछ लोगों का मानना यह भी है कि हर किसी की अपनी अपनी सेक्स ड्राइव होती है, किसी की कम तो किसी की ज्यादा। सेक्स की लत को लोग ज्यादातर सेक्स ड्राइव का नाम देते रहे। लेकिन इस सेक्स की लत लगने के क्या क्या लक्षण हैं? आख़िर इंटीमेट हुए बिना भी महिलाएं कैसे हो जाती हैं टर्न ऑन? असल में यह एक बीमारी ही है। इस बीमारी में महिलाएं हमेशा उत्तेजित रहती हैं और वह बार-बार सेक्स करना चाहती हैं। यह बीमारी बहुत घातक भी हो सकती है। ऐसी स्थिति में महिलाएं ज्यादा यौन संबंध बना लेती हैं। इस बीमारी का सबसे पहला लक्षण तो यही है कि सेक्स गतिविधि के बिना भी महिलाएं उत्तेजित रहती हैं। महिला चाहती भी नहीं होंगी, लेकिन उसे कामोत्तेजना बनी रहेगी। अगर कोई महिला दिन में कई बार सेक्स भी कर लेती है तब भी वह कामोत्तेजक बनी रहती है। इस बीमारी में एक महिला कई घंटों या कई हफ्तों तक कामोत्तेजना में रहने लगती है।

ऐसा नहीं है कि पुष्पा अपनी इस स्थिति के प्रति चिंतित नहीं थी। एक बार वह समीर के साथ एक डाक्टर के पास जा चुकी थी। डॉक्टर ने बताया कि इस तरह की बीमारी आपकी में नसों में जलन के कारण भी हो सकती है। नसों

में इतनी जलन होती है कि यह जलन महिलाओं के यौनांगों तक पहुँच जाती है। ऐसे में महिलाओं इस तरह की बीमारी की शिकार हो सकती है। उन्होंने एक कारण यह भी बताया कि जब महिलाओं की रीढ़ की हड्डी के एकदम निचले भाग में चोट लग जाए, तो भी महिलाओं को ऐसी समस्या हो सकती है। उन्होंने आश्वासन दिया कि उसकी इस बीमारी का इलाज संभव है। तंत्रिका को ठीक करके या सिस्ट हटाकर वे इस बीमारी को ठीक कर सकते हैं। उसे आगे पता चला कि सेक्स की लत से छुटकारा दिलाने के लिए कई कार्यक्रम किए जाते हैं। खासकर मेट्रो सिटीज में जहाँ पर कुछ चिकित्सक ऐसे लोगों से बातचीत के जरिए उनकी सेक्स की लत से छुटकारा दिलाने की कोशिश करते हैं। बहुत से डॉक्टर इस लत को छुड़ाने के लिए लोगों को सलाह देते हैं कि वह अपने मित्रों से इस पर बात करें। उनकी राय भी लें और अपने करीबियों के साथ रहें। परिवार और दोस्तों के साथ से आप इस लत से छुटकारा पा सकते हैं! फिलहाल तो इस लत से छुटकारा दिलाने के लिए उस डॉक्टर ने कुछ दवाइयां ही देकर उसे विदा कर डाला था! हाँ, उसके मुख पर शरारती मुस्कान तैर रही थी।

दुनियां ने अब कोरोना से बचने का अन्ततः उपाय ढूंढ़ ही लिया था! दो गज की दूरी, मास्क, हर बार सफ़ाई से हाथ मुँह धोने की हिदायतों के साथ अब बचाव के टीके भी लगने लगे थे! कितने लोग आइसोलेशन में रहकर इस बीमारी से उबर कर बाहर आ गये और वे कोरोना वारियर्स कहे जाने लगे लेकिन ज्यादातर लोग दुनिया को असमय ही अलविदा कर दिये।

सोलह

कई बार ऐसा होता है कि हम उन लोगों के साथ प्यार में पड़ जाते हैं जो हमारे लिए सही नहीं होते हैं। अब तो जबसे मोबाइल आया है प्यार, सेक्स, ब्लैकमेलिंग, इकरार और तकरार के अनेक आयाम हो गये हैं। मोबाइल भी अगर सिर्फ बात करने तक ही सीमित रहता तो ग़नीमत थी...यहाँ तो युवा दीवानगी उसके लाइव कैमरे पर चैटिंग करते करते निर्वस्त्र तक हो जा रहे हैं। इस के बाद डेटिंग और फिर वैध, अवैध, परमानेंट या टेम्परेरी रिलेशनशिप की बारी आ जाती है। उसी में अगर कुछ गड़बड़ी हुई तो एबार्शन। और हाँ .. ब्लैकमेलिंग की भी भरपूर सम्भावनाएं। लेकिन कई बार ये प्यार आपको कई तरह से परेशान कर जाता है और ये तब खासकर होता है जब आप किसी शादीशुदा इंसान के प्यार में पड़ते हैं।

मीरा अच्छी तरह जानती थी कि किसी शादीशुदा इंसान के साथ प्यार में पड़कर वह बहुत बड़ी गलती कर रही है लेकिन उस समय उसे यह निर्णय सही लग रहा था। मीरा सोच रही थी कि बदलते ज़माने के दौर में बहुत कुछ बदला है....जीने के नज़रिए में बदलाव आया है। आज लड़कियां न केवल शादीशुदा पुरुष को प्यार के क़ाबिल समझ रही हैं, बल्कि समाज भी ऐसे संबंधों पर एतराज़ करता नज़र नहीं आ रहा है। समाज और जीवन के ये फलसफे यूं ही नहीं बदल गए. इनके लिए देश–दुनिया में हो रहे तमाम परिवर्तन ज़िम्मेदार हैं। शादीशुदा पुरुष के प्रति लड़की के झुकाव, लगाव और प्यार की सबसे बड़ी वजह उसके कैरियर की सीढ़ियां चढ़ने की चाहत भी प्यार का चोला पहनकर आती है.... मीरा के केस में तो ख़ासकर।

इस प्रकार दिल के टूटने, जुड़ने और बिखरने की पृष्ठभूमि तैयार थी।

मीरा का दिल श्रीवास्तव से और पुष्पा का उस वीडियो ग्राफर राबर्ट से और समीर..? समीर ही तो वह पात्र है जिसका दिल तो टूटना ही है उसका नीड़ भी बिखरना है? क्या वह ऐसा रोकने की कोशिश नहीं करेगा? इस सवाल को उछलने दीजिये.. आइये पुष्पा की ज़िन्दगी में चुपके से प्रवेश करने वाले इस प्रसंग को भी देखा जाये!

पुष्पा के जीवन में प्रवेश करने वाला वीडियो ग्राफर किसी दौर में होमो सेक्सुअल था इस बात की जानकारी पुष्पा को नहीं थी। हालांकि अंतरंगता के दौरान उसके पार्टनर राबर्ट का उसके साथ व्यवहार कभी-कभी अजीब हो जाना उसने महसूस किया था।

कहा जाता है बुरी आदतें देर सबेर अपना पहचान छोड़ जाती हैं। राबर्ट की इसी बुरी आदत ने पुष्पा और उसे दोनों को संकट में डाल दिया। उसको मंकी पाक्स नामक एक नई बीमारी हो गई। मंकी पॉक्स 1970 में पहली बार एक बंदर में पाया गया था, जिसके बाद यह दस अफ्रीकी देशों में फैल गया था। मंकी पॉक्स बीमारी एक ऐसे वायरस के कारण होती है, जो स्मॉल पॉक्स यानी चेचक के वायरस के परिवार का ही सदस्य है। वर्ष 2003 में पहली बार अमेरिका में इसके मामले सामने आए थे। 2017 में नाइजीरिया में मंकी पॉक्स का सबसे बड़ा आउटब्रेक हुआ था, जिसके 75% मरीज पुरुष थे। ब्रिटेन में इसके मामले पहली बार 2018 में सामने आए थे। एक्सपर्ट्स के अनुसार, यह बीमारी दुर्लभ जरूर है, लेकिन गंभीर भी साबित हो सकती है। फिलहाल मंकी पॉक्स ज्यादातर मध्य और पश्चिम अफ्रीकी देशों के कुछ इलाकों में पाया जाता है। इसी साल की शुरुआत में ब्रिटेन में मिला पहला मरीज नाइजीरिया से ही लौटा था। मरीज सात से इक्कीस दिन तक मंकी पॉक्स से जूझ सकता है। एक्सपर्ट्स का मानना है कि मंकी पॉक्स संक्रमित व्यक्ति के करीब जाने से फैलता है। यह वायरस मरीज के घाव से निकलकर आँख, नाक और मुँह के जरिए शरीर में प्रवेश करता है। यह संक्रमित बंदर, कुत्ते और गिलहरी जैसे

जानवरों या मरीज के संपर्क में आए बिस्तर और कपड़ों से भी फैल सकता है। इस बीमारी का समलैंगिक पुरुषों को संक्रमण का खतरा ज्यादा रहता है। वैसे बहुत पहले ही यूके हेल्थ सिक्योरिटी एजेंसी ने मंकी पॉक्स को लेकर समलैंगिक पुरुषों को आगाह कर दिया था।

यक्ष प्रश्न यह कि क्या राबर्ट इस मुश्किल से उबर पाएगा? क्या पुष्पा एक बार फिर अपना पार्टनर बदल देगी?

सत्रह

सरपट भाग रही ज़िन्दगी में पीछे मुड़कर देखने की किसी को फ़ुर्सत नहीं है। समीर हो, पुष्पा हो, मीरा हो, श्रीवास्तव हों या आपमें से कोई एक....हर दिन एक न एक नये चैलेंज का सामना तो कर ही रहे होते हैं। कुछ अपने किये गये कर्मों से उपजा चैलेंज तो कुछ सहज स्वाभाविक रुप से उठ खड़े हुए चैलेंज।

अब अमेरिका गिरते डालर से परेशान था तो चीन अपनी विस्तारवादी नीति को अंजाम न दे पाने के चलते। बिखरा हुआ रुस यूक्रेन से चल रहे युद्ध में जूझ रहा था तो भारतवर्ष विपक्ष विहीन होने और फिर एक पार्टी के तानाशाह होने के ख़तरे की ओर बढ़ रहा था। असम, नागालैंड, पश्चिम बंगाल, मिजोरम, जम्मू कशमीर और झारखंड के कुछ इलाके चरमपंथियों और देशद्रोहियों से रह-रह कर कराह रहा था। प्रजातंत्र की व्यवस्था में कुछ सुराख़ होने से अक्सर नुमाइंदगी सही ढंग से नहीं हो रही थी....मसलन केन्द्र या राज्य विधानसभाओं के चुनाव में शत-प्रतिशत मतदान नहीं पड़ने, मात्र चालीस या पैंतालीस प्रतिशत मतदान पर जन प्रतिनिधि चुन लिए जाने, जाति-पाति, रिजर्वेशन, दारु, रुपये पर वोट हासिल कर लेने आदि की प्रवृत्ति नुकसान पहुँचा रही थी। हाँ, जनता भी मानो इन सबसे बेखबर होकर सत्ता दल के छलावे और प्रलोभन में संज्ञा शून्य हो चली थी। गड़े मुर्दे उखाड़ कर जन भावनाओं को उभारने उनको संतुष्ट करने का मानो अभियान चल रहा हो। पेट्रोल एक सौ के पार हो चला था। बेरोजगारी बढ़ती जा रही थी। जनसंख्या बे लगाम हो चली थी और भारतीय रुपया अवमूल्यन की ओर अग्रसर होता जा रहा था। लेकिन किसे फ़ुर्सत थी इन बातों पर विमर्श करने की?

जो भी है जैसा भी है समीर को अब अपने उसी देश में लौटना था जिसकी जनता ढेर सारी समस्याओं से जूझ रही थी। हालांकि देश अब भी अनेकता में एकता का परिचय समय-समय पर दिया करता था लेकिन कभी कभी साम्प्रदायिकता सामाजिक सौहार्द पर प्रश्नचिन्ह लगाया करती थी। जब कभी दुश्मन आंखें दिखाया देश में कश्मीर से कन्याकुमारी तक एकता दिखी थी। कुछ भी हो अपना देश सबसे नेक है। उन्हीं दिनों यू.एस.ए. टुडे ने 12 हजार 232 लोगों की राय लेकर भारत में किए गए एक सर्वे में बताया भी कि 24 फीसदी लोगों ने कोरोना वायरस को भारत की सबसे बड़ी समस्या तो 23 फीसदी लोगों ने भारत की बेरोजगारी को दूसरी सबसे बड़ी समस्या माना है। मूड ऑफ द इंडियन नेशन नाम से किए गए इस सर्वे में लोगों ने कोरोना महामारी, बेरोजगारी को देश की सबसे बड़ी समस्या बताया था। बारह हजार दो सौ बत्तीस लोगों की राय लेकर किए गए इस सर्वे में शहरी क्षेत्र में चौबीस फीसदी लोग कोरोना महामारी को मौजूदा भारत की सबसे बड़ी समस्या तो ग्रामीण भारत के 24 फीसदी लोग कोरोना महामारी को देश की सबसे बड़ी समस्या मानते हैं। बेरोजगारी को मौजूदा वक्त में तेईस फीसदी लोग भारत की दूसरी सबसे बड़ी समस्या मानते हैं। आर्थिक मंदी को मात्र नौ फीसदी लोग देश की तीसरी सबसे बड़ी समस्या मानते हैं। तो सात फीसदी लोगों की नजर में किसानों का संकट मौजूदा वक्त की भारत की चौथी सबसे बड़ी समस्या है। सात फीसदी लोगों की नजर में भ्रष्टाचार भी बड़ी समस्या है, जबकि छह फीसदी लोगों का मानना है कि सुस्त अर्थव्यवस्था भी इस वक्त देश की सबसे बड़ी समस्या है।

समीर को जाने क्यों एक नये सिरे से भारत में जीवन यापन करने को सोचकर ही भय लगने लगा। कोरोना में वर्क फ्राम होम के बाद कंपनियों ने छंटनी भी शुरू कर दी थी... जाने भारत लौटकर उसका क्या भविष्य होगा,

इसे ही वह सोचना चाह रहा था कि उसे उससे भी बड़ी समस्या मीरा के साथ एडजस्टमेंट की भी तो थी! सुरसा की तरह मुँह बाये चुनौतियां खड़ी हैं और समीर किंकर्तव्यविमूढ़ है। आपमें से कोई उसे राह दिखा सकेगा क्या?

अठारह

यह सुबह से शाम तक की जो भागदौड़ हम करते हैं, किस लिए? अगर हम सिर्फ धन संपत्ति जुटाने के लिए करते हैं तो क्या यही सच्चाई है? क्या धन आपको खुशियाँ दे सकता है?

जिंदगी में वहीं इंसान खुश रह सकता है जो हर हाल में खुश रहने की कला जानता हो। वही व्यक्ति जिंदगी के हर पल का आनंद ले सकता है क्योंकि वह जानता है कि दुनिया में कोई भी चीज परफेक्ट नहीं है। हर इंसान में हर चीज में कुछ न कुछ कमी जरूर है। अगर आप खुश रहना चाहते हैं तो दुनिया का कोई भी दुख आपको ज्यादा देर तक दुखी नहीं रख सकता। दुनिया की कोई भी ताकत आपको खुश रहने से नहीं रोक सकती। सही मायनों में यदि आप खुश रहना चाहते हैं तो लाइफ में हमेशा वही करें, जो आपका दिल कहें। सुनें सभी की बात लेकिन मानें अपनी अंतरात्मा की बात। खुशी आपको जिंदगी जीने के लिए प्रेरित करती है।

मीरा अपने दाम्पत्य सम्बन्ध को लेकर चिंतित थी। वह अपने वर्तमान पति से संतुष्ट नहीं थी और प्रेमी के साथ तब तक स्थाई रुप से रह नहीं सकती थी जब तक उसका तलाक़ न हो जाय। सम्बन्धों की इस उधेड़ बुन से कभी-कभी उसमें निराशा आ जाती थी। एक दिन उसे एक मनोचिकित्सक मिले। उसकी किसी दोस्त के हसबेन्ड थे, नाम था डॉ. कीर्तिमान।

बात-बात में वे जीवन में खुशियों का मूलमंत्र बताने लगे। वे कह रहे थे कि हर इंसान में अपनी अलग-अलग खूबियां और कमजोरियां होती है। हमें अपनी कमजोरियों को पहचान कर उन्हें कुबूल करना होगा। .....दुनिया में

ऐसे बहुत से काम है जो हम नहीं कर सकते, दुनिया में कुछ लोग हैं जो हमसे बेहतर और अच्छा काम कर सकते हैं ये बात हमें कुबूल करनी होगी। ..... आप अपनी गलतियों को सिर्फ कबूल मत करो, आप अपनी कमियों को पहचान कर उन में सुधार करने की कोशिश करो, कमियां हर एक व्यक्ति में होती है लेकिन जो उन्हें समय में सुधार कर अपने आप को संभाल लेता है वो आगे बढ़ जाता है। उन्होंने कुछ टिप्स देते हुए आगे बताया कि खुश रहने के लिए हमें चाहिए कि हम हमेशा सकारात्मक ही सोचें। नकारात्मकता से मन व शरीर पर विपरीत प्रभाव पड़ता है। यह हो गया तो क्या होगा? वो हो गया तो क्या होगा? आदि-आदि अनेक प्रकार के नकारात्मक विचारों को झिड़क दें। इससे कुछ भी हासिल नहीं होने वाला है सिवाय तनाव के।

तो... तो क्या अपने जीवन में आए भूचाल के बारे में समीर के विदेश से लौटने पर मीरा उसे सच-सच बता दे? क्या वह अपने जीवन को खुश रखने के लिए किसी और के साथ रहना ही अंतिम रुप से चाहती है?

उन्नीस

सानफ्रांसिस्को से दिल्ली की दूरी लगभग 15 घन्टे 45 मिनट की होती है और उस समय 7 नान स्टॉप फ्लाइटें दिल्ली के लिए उड़ान भरने लगी थीं। लगभग दो लाख सोलह हजार इंडियन करेंसी में उन दिनों एक टिकट का मूल्य था। पुष्पा सहित समीर की टीम के सभी मेंबर एयर इंडिया के बी 777 विमान में सवार हो चुके थे। समीर मन बना लिया था कि जो भी होगा घर की या ऑफिस की दोनों जगह वह चुनौतियों से दो दो हाथ करेगा।

अनुमानित समय से लगभग दो घंटे की देरी से विमान इन्दिरा गांधी इंटर नॅशनल एयरपोर्ट पर लैंड कर गया। ऑफिस से गाड़ियां आई हुई थीं और सभी अपने अपने गंतव्य के लिए रवाना हो गए। विदा लेते समय सभी भावुक थे क्योंकि इतने दिनों का उनका साथ जो था! हाँ, पुष्पा ने तो समीर को फेयरवेल किस देकर विदा किया।

इतने दिनों का छोड़ा हुआ घर कबाड़खाना बन गया था। सामान एक किनारे रखकर समीर ने घर की आवश्यक सफाई की और डिनर के लिए जोमैटो को आर्डर भेज दिया। अगली सुबह ही मोबाइल ने उसे जगा दिया। उधर मीरा थी।

"समीर, ठीक तो रहा तुम्हारा अमेरिका का प्रवास?" मीरा बोल रही थी।

"हाँ, ठीक ही रहा।" समीर थोड़ा मन्द होकर बोला और उसने आगे यह भी जोड़ा "मीरा, एक ज़रूरी बात यह बतानी है कि कोरोना के कारण हुए लाक डाउन में मेरी कम्पनी ने बड़ी जबरदस्त छंटनी करनी शुरू कर दी है ...और लगता है कि अपनी भी नौकरी पर बन आयेगी। ऐसे में प्लीज तुम्हारा साथ

चाहिए। जल्द से जल्द दिल्ली आ सकोगी क्या?" समीर अपनी बात ख़त्म करके मीरा की प्रतिक्रिया जानने को उत्सुक हो बैठा।

"नही यार, असल में मैंने बी.एड. का रिजल्ट आते ही टीचिंग के लिए अप्लाई कर दिया था। सोचा था कि घर पर बैठे-बैठे बोर होने से अच्छा है कि कुछ कर ही लिया जाय। सो नो चांस डियर...परसों ही तो मुझे भोपाल निकलना है इंटरव्यू के लिए!" मीरा ने दुखी होते हुए बात समाप्त कर दी।

समीर और मीरा की ज़िंदगी के दाम्पत्य जीवन का यह खतरनाक मोड़ है और दोनों ही इस खतरे से अवगत भी हैं। क्या वे इन खतरों को टाल पायेंगे? क्या उनकी गृहस्थी पर लगा यह ग्रहण समाप्त हो पायेगा ...? फिलहाल तो यह यक्ष प्रश्न ही बन कर खड़ा है।

"यक्ष प्रश्न...?"

हाँ, यक्ष प्रश्न ही तो है।यह एक हिन्दी कहावत भी है। यह कहावत किसी ऐसी समस्या या परेशानी के सन्दर्भ में प्रयुक्त होती है जिसका अभी तक कोई समाधान नहीं निकाला गया है या समस्या जस-की-तस बनी हुई है। यक्ष प्रश्न नामक यह कहावत महाभारत में यक्ष द्वारा पाण्डवों से पूछे गए प्रश्नों से निकली। जब पाण्डव अपने वनवास के दिनों में वन-वन भटक रहे थे तब एक दिन वे लोग जल की खोज कर रहे थे। युधिष्ठिर ने सबसे पहले सहदेव को भेजा। वह एक सरोवर के निकट पहुँचा और जैसे ही जल पीने के लिए झुका उसे एक वाणी सुनाई दी। वह वाणी एक यक्ष की थी जो अपने प्रश्नों का उत्तर चाहता था। सहदेव ने वाणी को अनसुना कर पानी पी लिया और मारा गया।

इसके बाद अन्य पाण्डव भाई भी आए और काल के गाल में समा गए। तब अन्त में धर्मराज युधिष्ठिर आए और यक्ष के प्रश्नों के सही-सही उत्तर दिए और अपने भाईयों को पुनः जीवित पाया। इसलिए आधुनिक युग में भी जब

कोई समस्या होती है और उसका किसी के पास समाधान नहीं होता तो उसे यक्ष-प्रश्न की संज्ञा दे दी जाती है।

हाँ, तो क्या समीर इस चुनौती पूर्ण यक्ष प्रश्न का उत्तर दे पायेगा?

बीस

इन दिनों समीर के जीवन में घटनाक्रम तेजी से बदलने लगे हैं। विदेश की अपनी ट्रिप और दिए गए एसाइनमेंट को पूरी करके समीर लौटा ही था कि कोरोना, लाक-डाउन और आर्थिक मंदी से गुज़र रही उसकी कम्पनी ने कर्मचारियों की छंटनी शुरू कर दी। समीर पर भी छंटनी की तलवार लटक रही थी। उधर मीरा दिल्ली आने से कतरा रही थी क्योंकि उसको अब एक इन्डिपेन्डेंट लाइफ बितानी थी। यानी घर की मालकिन भी साथ आने से रही। समीर बहुत ज्यादा टेंशन में था।

लेकिन भगवान सबकी सुनते हैं .. भगवान ने मीरा की भी सुनी और समीर की भी। औरत कोई गाय या बकरी तो नहीं हुआ करतीं कि आप उन्हें बाँध कर रखिये! आज के इस दौर में उसे भी भरपूर स्वतंत्रता मिली है खुलकर जीने की..जीवन साथी चुनने की! मीरा अब उसी राह पर अग्रसर थी। उसने इन दिनों सीमोन द बोउर को पढ़ा है जिसने पश्चिम के देशों में स्त्री को खुलकर जीने की राह दिखाई है। उन्हें स्वतंत्रता चाहिए चौके चूल्हे से, घर की जिम्मेदारियों से, मर्द के साथ हम बिस्तर होने से... यहाँ तक कि उसे खान-पान रहन-सहन सभी में उन्मुक्त होना है। कुछ देशों में इन्हीं स्वतंत्रता की आकांक्षा कर रही औरतों द्वारा अपने इनर वियर को खुलेआम सड़कों पर जला कर यह संदेश दिया गया है कि अब वे इन सबसे मुक्त हैं! नो ब्रा ..नो पैंटी।

समीर उस दिन जब डरते डरते 'बॉस' के कमरे में घुसा तो उसका बॉस ठहाके मारकर हंसने लगा था।

"वेलकम वेलकम माई ब्वाय।" बॉस बोला।

"यस सर, गुड मार्निंग!" समीर ने डरते हुए उत्तर दिया।

"कान्ग्रेचुलेशन समीर ... आई एम एक्स्ट्रीमली हैप्पी दैट यू आर नाट इन द स्क्रीनिंग लिस्ट ...एंड यू विल बी पार्ट एंड पार्सल आफ आवर कम्पनी।" खुश होते हुए उसके बॉस ने बताया।

समीर ने दौड़कर उनके पाँव छुए। मानो साक्षात भगवान के वह पैर छू रहा हो। ..हाँ, इस समय उसका बॉस भगवान से कम थोड़े ही नहीं है! कम से कम उसकी रोजी रोटी तो बच गई। उस शाम समीर अपने सारे दुःख भुलाकर शहर के सबसे महंगे होटल के बार में पहुँचा। बार मैनेजर उसका यार था। आज वह भी पूरे मूड में था।

पीने वालों की दुनिया भी अजीब है। पीने वालों के लिए बजट का कोई मतलब नहीं। आज-कल शराब पीना स्टेटस सिंबल बन गया है। शायद ही कोई समारोह हो, जहाँ शराब न परोसी जाती हो।

होटल के बार रूम का मैनेजर बता रहा था कि आपको यह जानकर आश्चर्य होगा कि दुनिया की 5 सबसे महंगी शराब के ब्रांड ऐसे हैं जिसके दाम सुनकर आप दांत तले उंगली दबा लीजिएगा। दुनिया की सबसे मंहगी शराब है टकीला ले .925 जिसकी कीमत करीब 25 करोड़ रूपये है। इस शराब की बोतल में 6400 हीरे जड़े हुए हैं। जी हाँ, आपने बिल्कुल सही पढ़ा। इस शराब को मेक्सिको में लॉन्च किया गया था लेकिन 6400 हीरों से जड़ी इस शराब की बोतल को बहुत कम लोगों ने खरीदा है। डीवा वोदका का दाम तो बस पूछिए ही मत। डीवा वोदका को दुनिया की सबसे महंगी वोदका में गिना जाता है। हर बोतल के बीच में अलग तरह का सांचा होता है। इसमें स्वरोस्की क्रिस्टल रखे होते हैं। इनका इस्तेमाल ड्रिंक को गार्निश करने के लिए करते हैं। इस वोदका की कीमत 7 करोड़ 30 लाख रुपये है, जी हाँ ...7करोड़ 30 लाख। और, और करोड़ों में हैं इस शैंपेन का दाम। इस शराब का नाम है अमाडा डी ब्रिगनैक मिडास.... इसे दुनिया की सबसे महंगी शैंपेन माना जाता है। इस शैंपेन की बोतल का साइज काफी बड़ा है। इस शैंपेन की कीमत सुनकर आप हैरान

रह जाएंगे। इसकी कीमत 1 करोड़ 40 लाख रुपये से भी ज्यादा है।

समीर ने उस रात अपने दोस्तों के साथ छक कर खाया, पिया और मौज मनाया। मानो उसकी लाटरी निकल गई हो।

और पुष्पा....? पुष्पा का क्या हुआ ...नौकरी में वह बची रह गई या निकाल दी गई?

पुष्पा और समीर दोनों अपनी टीम के साथ अपने देश वापस आ गए थे। उधर राबर्ट? राबर्ट ..कौन राबर्ट? अरे हाँ वही पुष्पा का बाय फ्रेंड राबर्ट! बेचारे को पहले तो मंकी पाक्स हुआ। हफ्तों वह अस्पताल में भर्ती रहा। अचानक एक दिन उसकी आँख की रेटिना रैप्चर हो चली। डाक्टरों ने बताया कि यह उसी संक्रामक बीमारी का साइड इफेक्ट हो सकता है। ऐसे में रेटिना को आँख की दीवार से चिपकाने की प्रक्रिया अपनाई जाती है। सिलिकॉन आईल इंजेक्शन देकर रेटिना को बेहतर ढंग से चिपकाने के लिये तरल सिलिकॉन को इंजेक्शन के जरिये आँख में प्रवेश कराया जाता है। उसके बादआवश्यकता अनुसार लेंस प्रत्यारोपण भी होता है। रेटिनल डिटैचमेंट सर्जरी के छह महीने बाद सिलिकॉन आईल को आँख से निकाल कर लेंस प्रत्यारोपित किया जाता है। सच यह था कि इस प्रकार की नई संक्रामक बीमारी का जब तक कोई बचाव टीका या इलाज आता तब तक यह बीमारी अपना नया वेरिएंट लेकर आ जाया करती थी। ठीक वैसे ही जैसे कुछ साल पहले कोरोना मे हुआ था।

इस संसार में प्रकृति और मानव की यह क्रिया-प्रतिक्रिया बहुत पहले से चलती आई है। टी.बी., बड़ी चेचक, कालरा, घेंघा (फाइलेरिया), थायराइड आदि कई प्रकोप आते रहे हैं और मनुष्य ने अपनी मेधा और विज्ञान की खोज के बलबूते उन पर नियन्त्रण पा लिया है। लेकिन कैंसर, कोरोना और अब मंकी पाक्स आदि जैसी बीमारियाँ उसके लिए चुनौती बनकर खड़ी हो गई हैं। एक दिन अवश्य ऐसा आयेगा जब इन पर भी नियन्त्रण हो जाएगा लेकिन फ़िलहाल तो यह मुसीबत पूरे संसार के इंसान के सिर पर नाच रही है।

राबर्ट एक धनी परिवार का था लेकिन अपनी उच्छृंखलता के चलते वह हिप्पी बन गया था। जब उसके पैरेंट्स को उसकी इस बुरी दशा के बारे में जानकारी मिली तो वे उसे समझा बुझा कर घर ले गए। उस परिवार में सम्पन्नता इठलाती फिर रही थी और वही हुआ जिसका सभी को अनुमान था। वाशिंगटन के एक विख्यात आई रेटीना सर्जन ने महीनों की मेहनत के बाद रेटीना ठीक करके राबर्ट को नेत्रदान ही नहीं जीवन दान भी दे दिया।

लेकिन इन लम्बे और कष्ट दायक दिनों ने राबर्ट की ज़िन्दगी को नया आयाम दे दिया। उसकी जीवन और समाज के प्रति दृष्टि बदल गई। वह मानो जंगली जानवर से सामाजिक इंसान हो गया। उसने जान लिया कि अगर हम प्राकृतिक नियमों की अवहेलना करेंगे तो हमारा जीवन संकट में पड़ जाएगा। उसने महसूस किया कि जब वह काला चश्मा और स्टिक लेकर सड़कों पर चलता था तो किस तरह लोग मानवीयता का परिचय देते हुए उसे सड़क पार कराते थे... उसको उसकी मंजिल तक भी पहुँचा दिया करते थे। उसने मन ही मन संकल्प लिया कि अब शेष जीवन में वह भी किसी की रौशनी बनकर मदद करेगा।

जब वह स्वस्थ हो गया तो उसके पैरेंट्स ने उसके घर बसाने की योजना बनाई। राबर्ट ने अपना यह फैसला सुनाकर सभी को अचम्भे में डाल दिया कि वह अब अपनी जीवन संगिनी किसी और को नही बल्कि किसी नेत्रहीन गरीब लड़की को बनाएगा जिससे वह अपने पापों का प्रायश्चित कर सके।

इक्कीस

सान फ्रांसिस्को से लन्दन जाने वाली स्टार एलायंस की फ्लाईट पर मिस्टर एंड मिसेज राबर्ट सवार हो चुके थे ..उन्हें एक हफ्ते के लिए वहाँ अपना हनीमून बिताना है। दूर-दूर तक उसका अतीत उससे दूर छिटक कर जा खड़ा हुआ है। पुष्पा जिसने उसे "यूज एंड थ्रो" किया था वह खुद कहाँ और किस हाल में है इसकी राबर्ट को भला क्यों चिंता हो? चिंता होनी भी नहीं चाहिए! लेकिन आपको तो है?

कथानायक समीर इन दिनों अब सूफियाना हो चला है। जीवन के आइने ने उसे एक से एक तल्ख़ एहसास दिखा डाले हैं। उसे कभी-कभी आश्चर्य हो रहा है कि जब उसने जन्म लिया होगा, अपनी माँ की गोद में किलकारियां भर रहा होगा, बकइयां (आंचलिक भोजपुरी शब्द जिसका अर्थ है बालकों का घुटनों के बल चलना) चलकर परिजनों को सुख दे रहा होगा, अपनी तोतली ज़ुबान में बातें कर रहा होगा तो क्या कभी भी किसी को इस बात का एहसास रहा होगा कि अधेड़ या बुढ़ापा आते आते वह क्या क्या अनुभव कर लेगा? जीवन के उस मोड़ पर जब जीवन साथी की आवश्यकता होती है तो वह गुड बाय कर देती है। नौकरी जिसके लिए आदमी जी जान लगा देता है हमेशा रेड सिग्नल दिखाने लगे ..और..और जाने क्या क्या!

उसे याद आ रहे हैं ग्रेजुएट में हिन्दी लिटरेचर में पढ़े गये हिन्दी काव्य के शीर्ष कवि सुमित्रानंदन पंत और उनकी एक लोकप्रिय कविता,"प्रथम रश्मि...." और उसकी कुछ अत्यंत मोहक पंक्तियाँ .....

"प्रथम रश्मि का आना रंगिणी,

तुमने कैसे पहचाना?

कहाँ, कहाँ हे बाल-विहंगिनि!

पाया तूने वह गाना?

सोयी थी तू स्वप्न नीड़ में,

पंखों के सुख में छिपकर,

ऊँघ रहे थे, घूम द्वार पर,

प्रहरी-से जुगनू नाना।

शशि-किरणों से उतर-उतरकर,

भू पर कामरूप नभ-चर,

चूम नवल कलियों का मृदु-मुख,

सिखा रहे थे मुसकाना।

स्नेह-हीन तारों के दीपक,

श्वास-शून्य थे तरु के पात,

विचर रहे थे स्वप्न अवनि में

तम ने था मंडप ताना।

कूक उठी सहसा तरु-वासिनि!

गा तू स्वागत का गाना,

किसने तुझको अंतर्यामिनि!

बतलाया उसका आना!"

हाँ-हाँ .. हम सबसे अच्छे तो ये खग मृग ही हैं ...उनका ना घर है ना ठिकाना ..बस जब तक जीवन है चलते जाना है! जहाँ शाम हो गई परिंदे कहीं भी आश्रय ले लिए और सुबह हुई तो फिर उन्मुक्त गगन में, पेड़ -पर, घर की

छत पर, ताल तलैय्या में, वन में ...पहाड़ पर ...

उसे यह भी याद आ रहा है जब वह बचपन में अपने पिताजी के साथ एक महान ज्योतिषी पंडित शैलेन्द्र मिश्रा के यहाँ गया हुआ था। वे उसके छोटे छोटे हाथ के पंजों को देखते हुए बता रहे थे, "हस्तरेखा शास्त्र हाथ की लकीरों, आकृतियों, निशान, तिल, बनावट, रंग आदि के आधार पर जातक के स्वभाव, भविष्य के बारे में बताता है। इससे जातक की आर्थिक स्थिति, सेहत, करियर, परिवार, उसके जीवन में आने वाले दुख-सुख, दुर्घटनाओं समेत तमाम जानकारियां मिल जाती हैं। आज हम एक ऐसी रेखा के बारे में आपको बताते हैं, जिसे हस्तरेखा में बेहद शुभ माना गया है.....जानते हैं उसका नाम? इस रेखा का नाम है विष्णु रेखा। सच मानिए जिन लोगों के हाथ में विष्णु रेखा होती है वे बेहद सौभाग्यशाली होते हैं जैसे आपके कुल दीपक समीर! आगे वे रुके नहीं थे और अपना सारा ज्ञान बिना माँगे ही परोसे जा रहे थे .....

"जब हृदय रेखा से कोई रेखा निकलकर गुरु पर्वत पर इस तरह जाए कि हृदय रेखा 2 भागों में बंटी नजर आए तो उसे विष्णु रेखा कहते हैं। यह रेखा बेहद लकी लोगों के हाथ में होती है। इन लोगों पर भगवान विष्णु की विशेष कृपा रहती है। इस कारण न केवल उनके जीवन में कम मुसीबतें आती हैं. बल्कि हर काम में उन्हें किस्मत का साथ भी मिलता है ..... जिन लोगों के हाथों में विष्णु रेखा होती है, वे जिस क्षेत्र में जाएं खूब तरक्की करते हैं। वे अपने जीवन में ऊंचा मुकाम पाते हैं। सुख-समृद्धि से भरपूर जीवन जीते हैं। खूब मान-सम्मान पाते हैं. कह सकते हैं कि वे हर मामले में कामयाब होते हैं. इन लोगों में साहस और निडरता भी भरपूर होती है। इस कारण यदि उनके जीवन में चुनौतियां आएं भी तो वे उनका डटकर सामना करते हैं और उनसे पार पाकर ही दम लेते हैं। इन लोगों की धर्म-कर्म में भी रुचि होती है। साथ ही वे अच्छा आचरण करने, ईमानदारी-सच्चाई के रास्ते पर चलने में यकीन

करते हैं।"

पंडित जी ने तो अपना अनुमान बता दिया था और जहाँ तक समीर को याद है कि उन्होंने पिताजी से इसके लिए अच्छी खासी रकम भी पा ली थी। लेकिन समीर? वह तो ज़िंदगी के हर मोड़ पर इन घोषणाओं से उलट चुनौतियों का सामना कर रहा था। तो क्या ये पंडित, ये भाग्य रेखाओं का चक्कर एकदम फिजूल है?

हाँ! एकदम फिजूल है। लेकिन शायद उतनी फिजूल नहीं जितनी समीर समझ रहा हो। आखिर अगर बाबा लोगों का यह धंधा फर्जी है तो उनकी दुकान चलती रहती है कैसे? क्या आप बता सकते हैं? क्या कोई भी बता सकता है?

हर इंसान के जीवन में कुछ उजाले तो कुछ अँधेरे भरे दिन हुआ करते हैं। जब अंधरे भरे दिनों का सिलसिला चल रहा होता है तो इंसान हताश हो उठता है। शायद यही उसके जीवन की सबसे बड़ी भूल होती है। इन्हीं दिनों में उसके धैर्य की परीक्षा ऊपर वाला लेता है। अगर उसने ये दौर भी हँसते-हँसते बिता लिया तो वह मुकद्दर का सिकन्दर कहलाता है।

लेकिन कितने हो पाए हैं अब तक मुकद्दर के सिकन्दर ..कभी आपने सुना है? कभी उससे हुई है आपकी मुलाक़ात?

हाँ.... हाँ सुना है..... जाना है..... और देखा भी है मैंने ऐसे एक इंसान को जिसका नाम है समीर। क्या-क्या ना सहा उसने.. या क्या-क्या नहीं सहता जा रहा है समीर? पहले गाँव से शहर आकर उसने अपनी पढ़ाई पूरी की। फिर उसने छोटी छोटी नौकरियों से अपने कैरियर की शुरुआत की। और एक दिन वह देश की टॉप साफ्टवेयर कम्पनी में आज वाइस प्रेसिडेंट है। हाँ, यहाँ तक पहुँचने में उसे ढेर सारे अँधेरे और उजाले कठिनतम दौर से गुजरना पड़ा है

बल्कि अभी भी इन अंधेरों ने उसका पीछा नहीं छोड़ा है। तो क्या करे वह? सरेंडर कर दे?

अपनी नौकरी का इंटरव्यू देकर मीरा दिल्ली आ गई। माडल हाउस का उसका फ़्लैट भी मानो उसकी प्रतीक्षा कर रहा था। लेकिन मीरा अब वह पहले वाली मीरा नहीं थी। उसने कुछ तय करके इस बार अपने फ़्लैट में क़दम रखा था। उसके जीवन के नए अध्याय की शुरुआत होनी थी और वह भी एक नये लाइफ पार्टनर के साथ!

इस बार समीर ने मीरा के स्वागत में कोई कोर-कसर नहीं छोड़ रखी थी। उसने अपने व्यवहार और वाणी पर भी नियन्त्रण पा लिया था। पुष्पा के साथ व्यतीत हुए सेक्स से भरपूर दिनों ने उसे सेक्स के प्रति भी नियन्त्रण ला दिया था। वैसे सच तो यह था कि मीरा, उसकी लाइफ पार्टनर, उसकी सेक्स सिम्बल कभी बन ही नहीं पाई थी। सुहाग रात से लेकर अब तक!

कुछ ही दिनों में स्पीड-पोस्ट से एक पत्र मीरा को मिला। पत्र नहीं उसका एप्वाइन्टमेंट लेटर था। उसे अगले हफ्ते ज्वाइन करना था। उसकी बांछें खिल गईं। आज शाम वह अपने इस नये एसाइनमेंट और आगे के प्लान के बारे में समीर को बता देगी।

उधर पुष्पा ने भी रफ्ता-रफ्ता अपनी ज़िंदगी को पटरी पर लाने की कवायद शुरू कर दी थी। और राबर्ट?

जीवन में हर दिन चांदनी रात नहीं हुआ करती और न ही चन्द्रमा हर रात अपनी शीतलता ही बिखेरा करता है। अन्ध तमिस्रा तो अपना असर दिखायेगी ही। उस दिन का सूरज भी अब अस्त होने के निकट था और समीर के वैवाहिक जीवन का सूरज भी तो दक्षिणायन की ओर अग्रसर है।

बाईस

कहानी हो, कविता हो या उपन्यास उनके पात्रों की यात्रा या तात्कालिक परिस्थितियां तो विराम ले लिया करती हैं लेकिन क्या उस कहानी, कविता या उपन्यास के मूल तत्व की यात्राएं पूरी मानी जानी चाहिए......? यह एक गंभीर प्रश्न है। गंभीर इसलिए क्योंकि जब तक मानव समाज है, उसकी दिनचर्या है, उसके सुख-दुःख, राग-विराग, प्रेम-घृणा, मित्रता और शत्रुता है तब तक भला कोई कहानी, कोई कविता या कोई उपन्यास यहाँ तक कि मानव लिखित पुराण भी विश्राम ले सकते हैं क्या?

"उजड़ा हुआ दयार" के मुख्य पात्र समीर की कहानी का कोई अंत करना चाहे तो भी कर नहीं सकता है, मैं भी नहीं..., आप भी नहीं.... वे भी नहीं... बूकर, नोबल या अकादमी पुरस्कार पाने वाले लोग भी नहीं क्योंकि एक समीर हो, एक मीरा हो, या एक पुष्पा हों तो बात भी बनें... यहाँ तो इस धरती पर और दूसरे ग्रहों पर ना जाने कितने-कितने लोग इसी नामधारी के होंगे.. उनके सुख दुःख होंगे, उनकी पीड़ाएं होंगी और उनके किस्से होंगे!

अब समीर के दोस्त राहुल को ही ले लिया जाय। उसकी पत्नी पिंकी उसके सम्पर्क में विवाह से पूर्व ही आ गई थी। उन्होंने साथ-साथ अपने कालेज की पढ़ाई पूरी कर ली थी और यह भी सुखद संयोग रहा कि उनकी जाब भी एक ही कम्पनी में लग गई। उनका इश्क तो हुआ ही विवाह भी हो गया। दोनों के परिवार वालों को कोई आपत्ति नहीं हुई थी। लेकिन प्रकृति का नियम है कि जो जितनी तेज़ी से जुड़ता है उसके उतनी ही तेज़ी से टूटने का खतरा भी बना रहता है। कुछ साल तो उनकी खूब पटी और फिर उनके जीवन में जहाँ तीसरे ने इंट्री ली बस उनके बीच में दरार बननी शुरू हो गई।

उन दिनों पिंकी ने जुड़वा बच्चों को जन्म दिया था.. इससे बेहतर कोई गिफ्ट भला और क्या हो सकता था राहुल के लिए! लेकिन हास्पिटल से ही उस तीसरे की यानी खलनायक की इंट्री उन दोनों के जीवन में हो गई थी। साथ का ही पढ़ा हुआ था वह और उसका नाम था आलोक। आलोक अपनी पढ़ाई पूरी करके विदेश चला गया था और जब वह लौटा तो उसने एक गेट टू गेदर अपने यहाँ रख लिया था। उसी का निमन्त्रण देने वह हास्पिटल में चला गया था जहाँ उसकी मुलाक़ात पिंकी से हो गई। नजरें चार हुईं और बस! सिलसिला चल पड़ा मिलने जुलने का। कभी बच्चे के गिफ्ट के बहाने तो कभी एनिवर्सरी के बहाने। मछुआरे ने जाल बिछा दिया था यह सोचकर कि मछली फंसेगी ही! भला हो राहुल का कि उसे इस बात की भनक लग गई और उसने काउंटर कोशिशें भी शुरू कर दी थीं। महीनों बाद उसने आलोक की बदनीयत पर पिंकी को आगाह किया तो पिंकी को भी इस बात का एहसास हुआ कि उन दोनों के जीवन में यह "तीसरा" आदमी घुसना चाह रहा है जो उनके दाम्पत्य जीवन को तहस नहस कर डालेगा।

पिंकी समझदार थी और कुलीन भी। उसने आहिस्ता-आहिस्ता अपने दाम्पत्य जीवन के इस पत्थर को हटाना शुरू कर दिया था .... और बस! आज राहुल और पिंकी के बीच पहले जैसी ही बांडिंग हो गई है। और अब तो पिंकी पेट से भी है! यानि कि उनके दाम्पत्य जीवन में तीसरे की इन्ट्री होनेवाली है लेकिन इस बार तोड़ने के लिए नहीं बल्कि जोड़ने के लिए....

समीर ने बहुत पहले एक ऐसा सपना को देखा था कि आसमान से इन्द्रधनुष निकला है और उसी के साथ अवतरित हुआ है एक दिव्य पुरुष! वह अपनी बाहें फैलाए समीर को अपनी ओर बुला रहा है। वह मंत्रमुग्ध होकर उसकी बांहों में चला जा रहा है! उसने अपने मित्रों से इस सपने को शेयर भी किया था।

अमेरिका से भारत लौटने के बाद समीर ने एक सुबह फिर वैसा सपना देखा। सपना तंत्र -मंत्र का था। एक दिव्य पुरुष योग और तंत्र के बल पर दिव्यास्त्र तैयार करता है। उस दिव्यास्त्र को समीर को इस हेतु सौंपता है कि वह उसके माध्यम से अपनी सभी समस्याओं से निजात पा ले। समीर की वर्तमान समस्या उसके दाम्पत्य जीवन के अस्तित्व पर आया संकट था। लेकिन यह समस्या मानवीय थी और समीर का यह मानना था कि उसका समाधान मानवीय सरोकार से है न कि तन्त्र मन्त्र। इसीलिए समीर ने उस दिव्यास्त्र का उपयोग नहीं किया। क्रोधित जटा जूट धारी सन्यासी ने यज्ञ करके अग्नि की ज्वाला उत्पन्न की और मन्त्र उच्चारण करते हुए उसने उस दिव्यास्त्र को वापस तांत्रिक शक्तियों को लौटा दिया।

सूर्य का निकलना और उसका उसी दिन डूब जाना प्रकृति का अनिवार्य नियम है। किसी पौधे का विकसित होना, पुष्पित और पल्लवित होना और अंततः मुरझा जाना उसका नियम है। अब आप कह सकते हैं कि सूरज भला डूबता कहाँ है, वह तो पृथ्वी ही उसका चक्कर लगा रही होती है.. तो आप भी सही हैं क्योंकि आपकी दृष्टि वैज्ञानिक है। लेकिन सूरज का आँखों से ओझल हो जाना भी तो सही ही कहा जाएगा? इसी तरह मनुष्य आता है, जाता है और

सृष्टि के नियम का पालन होता जा रहा है। इसे भी आप कह सकते हैं कि वह आता-जाता कहाँ है.. वह तो अमर आत्मा है.. शरीर बदल कर फिर-फिर आ जाता है......... तो यह भी सही ही है!

समीर अपने बचपन में "जो है सो है" का तकिया कलाम इस्तेमाल करने वाले अपने होम ट्यूटर शर्मा जी को भूले कि अपने क्रूर पिताजी की मार को, बिनोद नौकर की चुगुलखोरी को भूले या मीडिया में घोड़े और गधों की जुटान को या अपनी पहचान के संकट को याद करे ...इंडिया का कैम्ब्रिज कहे जाने वाले शहर इलाहाबाद या प्रयागराज के सुमित्रानन्दन पन्त के धवल बालों को भूले या उनकी चपल आँखों को जिनमें निर्मला की तलाश रहा करती थी! बिगड़ैल किन्तु नामचीन शायर जनाब फ़िराक साहब के किस्सों को याद करे या संगम नगरी में हर बारहवें साल होने वाले महाकुम्भ की सरगर्मियों को याद करे.... समीर को हमेशा के लिए अधीर करके विदेश जाने वाली धीरा के प्यार को याद करे, उसकी याद के तड़प को याद करे या धीरा की जगह उसके दाम्पत्य जीवन में रेगिस्तान बनकर आने वाली मीरा को...... कुछ समझ में नहीं आ पा रहा था। उसका सिर चकराने लगा था और वह गिर पड़ा।

"पकड़ो...उठाओ...अरे ये आदमी तो बेहोश हो गया है।" समीर ने यही अंतिम अपरिचित स्वर सुना था जब वह सड़क पर अनायास टहलने निकल पड़ा था और गिर पड़ा था। उसे लादकर किसी सज्जन ने अस्पताल पहुँचाया और उसे एडमिट कराकर वह रवाना हो चुका था।

"नर्स, मैं यहाँ कैसे और कब आया हूँ?" समीर ने होश आने के बाद वहाँ खड़ी नर्स से यह सवाल पूछा।

"सर, आप आज सुबह सड़क पर बेहोश हो गए थे और आपको किसी राहगीर ने यहाँ पहुँचाया है। आप-आप अपने घरवालों का नम्बर दे दीजिए मैं उन्हें काल करके बुला लूँ।" नर्स बोल पड़ी।

"घरवाले..." वह बुदबुदा उठा था और फिर बेहोश हो गया। उसे दुनिया अस्थिर लग रही थी आलम-ए-ना-पाएदार। उसे लग रहा है कि वह धोखे से फंसा कर दुनिया का शिकार बनाया जा चुका है।

और, उधर दूर से कहीं फिल्म "लाल क़िला" का एक गीत हवा में लहरें मार रहा था .....

"लगता नहीं है जी मेरा उजड़े दयार में,

किसकी बनी है आलम-ए-नापाएदार में।

बुलबुल को बाग़ाबां से न सैय्याद से गिला,

क़िस्मत में क़ैद थी लिखी फ़सल-ए-बहार में।

उम्र ए दराज़ माँग के, लाये थे चार दिन,

दो आरज़ू में कट गए, दो इंतज़ार में!

कह दो इन हसरतों से कहीं और जा बसें,

इतनी जगह कहाँ है दिल-ए-दागदार में।

है कितना बदनसीब ‘ज़फर,’ दफ़्न के लिए,

दो गज़ ज़मीन भी न मिली, कु-ए- यार में!"

समीर, उसका प्यार और उसका दयार उजड़ चुका था, वह जाए तो कहाँ जाए.. पुकारे तो किसको पुकारे? अब आप ही बताइये?

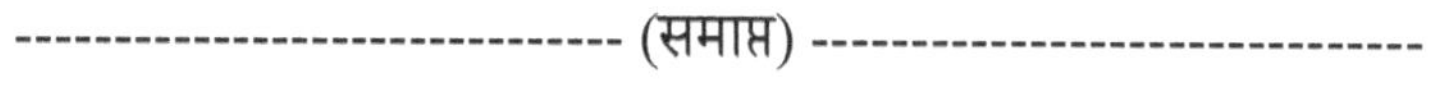

-------------------------------- (समाप्त) --------------------------------